SUTTON
VERLAG

Stefanie Dellemann und Andreas Eiynck

SAGENHAFTES EMSLAND

SUTTON VERLAG

Bildnachweis

Albert Baur: S. 100 (Original: Städtische Museen Rheine); Bildarchiv Emslandmuseum Lingen: S. 52, 84, 96, 111; Stefanie Dellemann: S. 33o., 47; Andreas Eiynck: S. 8, 16, 22, 30, 33u., 49, 19u., 64, 67 (Original im Hauptstaatsarchiv Hannover, Sign. Hann. 26a Nr. 7175), 73, 75, 78 (Original im Emslandmuseum Lingen), 80, 91, 103; Heinrich Everz: S. 60 (mit freundlicher Genehmigung des Verlages Thomas Wüllner, Coesfeld); Foto Prasch, Meppen: S. 27, 90 (Originalabzüge im Bildarchiv des Emslandmuseums Lingen); Richard Heskamp: S. 43, 19o., 92, 98, 124 (2), 125; Michael Höveler-Müller: Montage S. 19o.; Fritz Hüsig: S. 58 (Originalabzug im Bildarchiv des Emslandmuseums Lingen); Emilie König: S. 34 (Originalabzug im Bildarchiv des Emslandmuseums Lingen); Clemens Korte: S. 18, 72 (Originalabzüge im Bildarchiv des Emslandmuseums Lingen); Winfried Meyer: S. 108 (Original im Pastorat Bersenbrück); L. Preller: S. 66 (Original im Emslandmuseum Lingen); Hermann Prüssmann: S. 9 (Original im Emslandmuseum Lingen); Hans Schultz: S. 11 (Originalabzug im Heimathaus Lorup); Staatsbibliothek Berlin – Preussischer Kulturbesitz: S. 101 (2).

Impressum

Sutton Verlag GmbH

Hochheimer Straße 59

99094 Erfurt

www.suttonverlag.de

Druck: CEWE COLOR AG & Co. OHG, Germering

ISBN 978-3-86680-510-1

Inhaltsverzeichnis

Vorwort

Sagen gibt es in allen Regionen Niedersachsens, Deutschlands, Mitteleuropas, ja vermutlich in nahezu jedem Winkel dieser Welt. Sie knüpfen an bestimmte historische Ereignisse oder örtliche Gegebenheiten an, versuchen rätselhafte Naturerscheinungen zu deuten und auffällige Spuren menschlicher Vergangenheit zu erklären. Dabei sind sie immer auch ein Spiegel dessen, was die Menschen beschäftigt und umtreibt: etwa die Faszination des Unheimlichen, die Angst vor dem Fremden und Unbekannten, das unvermittelt in die eigene Welt eindringt, die Furcht vor Hunger und Krankheit, Krieg und Tod, vor weltlicher und göttlicher Strafe. Mögen die Motive sich in den verschiedenen Zeiten auch ändern – die Muster, die den Sagen zugrunde liegen, kann man doch in vielen der Erzählungen wiederfinden.

Oft sind Sagen schon seit Jahrhunderten Teil der mündlichen Tradition eines Landstriches. Durch lebendige Erzählungen von einer Generation an die nächste weitergegeben, wurden sie ständig variiert und ergänzt, verändert und neu gedeutet. Eine mehr oder weniger endgültige Form erhielten die meisten Sagen erst, als man sie in der ersten Hälfte des 19. Jahrhunderts zu sammeln und schriftlich aufzuzeichnen begann. Seither sind die Grenzen zwischen mündlicher und schriftlicher Tradierung fließend. Nicht selten gehen die heute eher raren mündlichen Überlieferungen auf ältere schriftliche Fassungen zurück, und dort, wo historische Sagen tatsächlich noch in der mündlichen Erzähltradition bekannt sind, lässt sich oft schon nicht mehr klären, ob sie von ihren Erzählern erlauscht oder erlesen wurden.

Und so stand auch am Anfang der vorliegenden Sagensammlung erst einmal die Recherche in den verstreuten schriftlichen Quellen. Neben alten regionalen und überregionalen Sagensammlungen haben wir zahlreiche heimatkundliche Schriften durchforscht und in alten Zeitungen und Zeitschriften geblättert und auf diese Weise bekannte und weniger bekannte Überlieferungen wieder ans Licht geholt.

In Schul- und Ortschroniken fanden wir erstaunlich viele unpublizierte Sagentexte und auch die älteren Geschichtschroniken unserer Region aus der Mitte des 19. Jahrhunderts überraschten uns mit der einen oder anderen Sage.

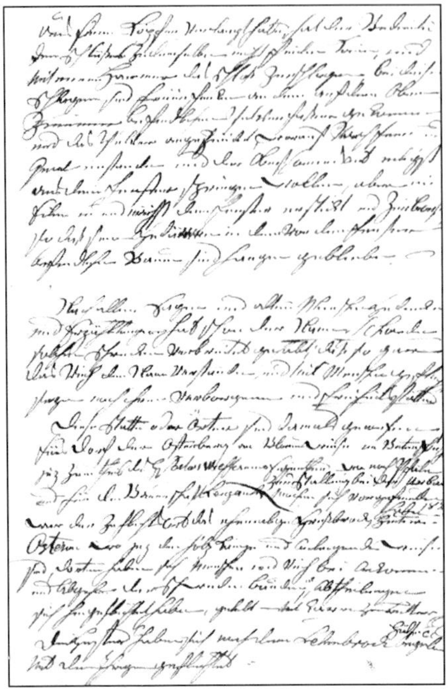

In seinen „Notizen über Lengerich aus früherer Zeit" hat Vikar Völker um 1820 festgehalten, was sich die Menschen am Herdfeuer über Begebenheiten aus alten Zeiten erzählten.

Als besonderer Fund erwies sich eine Ortschronik von Lengerich im Emsland aus der Zeit um 1820, verfasst von einem örtlichen Pfarrer als Grundlage einer Ortsgeschichte. Sie besteht fast ausschließlich aus zusammengetragenen mündlichen Überlieferungen, die historische Ereignisse erläutern, und zwar über einen erstaunlichen Zeitraum vom 9. bis zum 19. Jahrhundert, quasi von der Ortsgründung bis zur Bauernbefreiung. Die Geschichten verbinden das Chronikalische zumeist mit einer besonderen Episode, die dem Ereignis eine bestimmte, oft moralische Deutung gibt: das plötzliche Unglück, durch das der marodierende Söldnerführer zu Tode kommt, der Familienzwist, der das einst mächtige örtliche Adelsgeschlecht auslöscht, die Schläue der Bauern, mit der sie sich zumindest zuweilen gegen ihre mächtigen Herren wehren können.
Gerade anhand dieser Sammlung wird deutlich, was die eigentliche Aussagekraft der sogenannten historischen Sagen ausmacht. Es geht ihnen nicht darum, ein geschichtliches Ereignis wahrheitsgetreu zu schildern, vielmehr interpretieren und kommentieren sie es aus Sicht der Zeitzeugen und späterer Generationen. Somit gleichen die Sagen weniger einer historischen Quelle, sondern werfen ein Licht auf die Vorstellungswelt breiter Bevölkerungsschichten, lange bevor die Menschen sich wissenschaftlich mit ihrer Geschichte zu beschäftigen begannen.

Neben den Sagen, die an herausragende geschichtliche Ereignisse erinnern, ist das Emsland natürlich reich an weiteren Erzählungen und Motiven. Häufig

Aufziehendes Gewitter in Börger. Radierung von Hermann Prüssmann, 1939.

haben wohl die Einsamkeit und das frühere Landschaftsbild die Fantasie der Emsländer beflügelt. Weitläufige Ödländereien mit zerklüfteten Wehsandflächen und unübersichtlichen Wacholderheiden, unendliche Moorgebiete und so mancher dunkle Wald boten vor allem in fahlen Mondnächten eine gespenstische Kulisse. In dieser Stille und Verlassenheit wurde das Unheimliche für Reisende und Wanderer leichter erfahrbar. Hier begegnete man vielleicht einem einsamen Schäfer mit seiner Herde, musste sich aber auch vor Überfällen durch Räuber in Acht nehmen.

Die meisten dieser alten emsländischen Landschaftsbilder sind heute längst verschwunden oder werden von Straße und Autobahn aus gar nicht mehr wahrgenommen. Doch manchmal findet man auch heute noch besondere landschaftliche Gegebenheiten, an welche die Sagen einst anknüpften. Beim Nachforschen vor Ort entdeckten wir oft, dass die sagenhaften Stätten eine außergewöhnliche topographische Gestalt aufwiesen und diese in einigen Fällen heute noch zeigen: Hügel, die sich aus der flachen Landschaft hervorheben, unzugängliche Flussschleifen, merkwürdige Geländeeinschnitte und überhaupt Geländepartien, die man bisweilen als idyllisch, meistens aber als unheimlich charakterisieren kann, etwa an lieblichen Bachläufen oder in finsteren Waldgebieten. In den alten Überlieferungen bilden sie die Ausgangspunkte für eine mystische Erklärung der Wirklichkeit. Die Sagen deuten urgeschichtliche Denkmäler und Funde als Werke von Riesen oder Zwergen, den sogenannten Aulken, erkennen im Nebel an den Ufern der Ems und anderer Flüsse Elfen oder weiße Frauen und bringen unerklärliche Naturphänomene wie etwa besonders schwere und dicke Findlinge in der einsamen Landschaft mit dem Teufel in Verbindung. Dieser spielt in vielen Sagen aus dem Bereich des Unheimlichen eine zentrale Rolle. Ob er in Menschengestalt erscheint und sich allein durch seinen Pferdefuß verrät oder sich im Körper eines schwarzen Hundes verbirgt: Meist kann er mithilfe christlicher Rituale oder Motive gebannt werden. Gleiches gilt für den „wilden Jäger", der in Sturmnächten durch die Lüfte braust, oder die Spinnfrauen, die zur Strafe für ihr habgieriges und gotteslästerliches Verhalten zum Spuken verdammt sind. Christliche Moralvorstellungen und die Furcht vor göttlicher Strafe waren es wohl auch, die zahlreiche Sagen vom Untergang lasterhafter Klöster und Burgen geprägt haben. Und auch die weltliche Justiz findet Eingang in die Sagenwelt: Verbrechen, besonders Mordtaten, alte Gerichtsbräuche sowie Hinrichtungen und Gerichtsstätten sind beliebte Sagenmotive, die nicht selten an historische Kriminalfälle anknüpfen.

All diese Sagenstoffe und sagenhaften Gestalten werden auf der Basis des Wissens- und Erfahrungshorizonts der Erzähler formuliert und interpretiert. Als Sagenerzähler war man erfolgreich, wenn man seine Geschichte spannend erzählen konnte und wenn es einem gelang, die Sage und die ihr zugrunde liegenden Deutungsmuster den Zuhörern so zu vermitteln, dass diese sie nachvollziehen konnten. Das setzte nicht voraus, dass die Zuhörer selber an den wilden Jäger, den Teufel oder den Wiedergänger glaubten, sondern nur, dass diese Figuren und ihre Handlungsmuster der allgemeinen Weltanschauung entsprachen und die Schilderungen in diesem Sinne einleuchtend klangen.

Eine recht eindrucksvolle Atmosphäre für die sagenhaften Geschichten schuf nicht zuletzt die besondere Stätte, an der man früher im Emsland zusammensaß und den Überlieferungen der Alten lauschte, nämlich die abendliche Kaminrunde am offenen Feuer in der großen Bauernküche. Sie wird in der älteren Heimatliteratur und in den Jugenderinnerungen älterer Emsländer immer wieder als der zentrale Ort des Erzählens geschildert. Der dunkle, hohe Küchenraum, das knisternde Herdfeuer mit den flackernden Flammen, die gespenstische Figuren an die Wände malten, das Knarren im Gebälk und der Sturmwind über dem Dach und in den Hofeichen – eine solche Umgebung machte besonders empfänglich für schaurige und unheimliche Geschichten und lieferte wohl auch selber so manchen Stoff für weitere Erzählungen.

Als am Ende des 19. Jahrhunderts die Zeit des offenen Herdfeuers auch im Emsland zu Ende ging, mehrten sich die Anstrengungen, die nun mit dem Ende der Herdfeuerrunden wahrscheinlich dem Untergang geweihten Sagen doch endlich aufzuschreiben. Diese Aufgabe übernahmen die damaligen Heimatforscher, zumeist Lehrer und Geistliche.

Am offenen Herdfeuer auf dem Hümmling, 1929.

Im südlichen Emsland traten z. B. der Emsbürener Lehrer Joseph Tiesmeyer (1856–1918) und der aus Gleesen stammende Pfarrer Johann Gerhard Tegeder (1875–1926) als eifrige Sagensammler hervor. Im nördlichen Emsland war es vor allem der Lehrer Hans Wessels aus Herbrum (1885–1972), der sich bis in die 1960er-Jahre hinein um die Aufzeichnung und Sammlung der Sagen verdient machte. Leicht abgewandelt gingen die von ihnen festgehaltenen Erzählungen dann auch in überregionale Sammlungen ein. Im Laufe der Zeit etablierte sich im Emsland ein mehr oder weniger feststehender Sagenkanon, der größtenteils auf den alten Sammlungen basierte und diesen in der Regel nicht mehr viel Neues hinzufügte. Erst in den 1950er- und 1960er-Jahren fuhr man fort, die letzten noch in der mündlichen Tradition lebendigen Sagen aufzuzeichnen. Der Volkskundler und Leiter des Zentralarchivs der deutschen Volkserzählung Gottfried Henßen konnte mithilfe von Tonbandaufnahmen noch etliche Sagen vor allem aus dem nördlichen Emsland in ihrer ursprünglichsten Form festhalten, nämlich in plattdeutscher Sprache. Aber auch weniger wissenschaftlich angelegte Sammlungen wie der Schülerlesebogen „Sagen der Heimat“ aus dem Altkreis Lingen brachten u. a. noch neue Erzählungen aus der mündlichen Überlieferung zur Veröffentlichung.

Zu allen Zeiten stießen die Sagensammler bei der Verschriftlichung auf ein grundlegendes Problem: Da die Sagen ursprünglich in plattdeutscher Sprache tradiert und in lebhafter und oft recht salopper, ungezwungener Rede zum Besten gegeben wurden, mussten sie aus Sicht der Bearbeiter zunächst einmal literarisiert werden. Und das hieß in den meisten Fällen, sie als grammatisch korrekt ausformulierte Geschichten in hochdeutscher Sprache aufzuzeichnen. Doch bald wurde klar, dass die so entstandenen Texte einer lebendigen Sagenerzählung am Herdfeuer nicht das Wasser reichen konnten. Vergleicht man die plattdeutschen „Urversionen", die von einigen Sagen heute noch überliefert sind, mit ihren hochdeutschen Fassungen, so fällt immer wieder auf, um wie viel besser es die plattdeutschen Texte vermögen, die Unmittelbarkeit der mündlichen Erzählung nachzuempfinden.

Ausschließlich mündlich sind heute nur noch wenige Sagen überliefert. Und doch wurden wir immer wieder überrascht, wenn wir an den sagenhaften Orten nachforschten und unsere „Wegweiser", die meist aus dem Kreis der örtlichen Heimatforscher stammten, uns die eine oder andere neue Variante einer Sage berichten konnten oder uns sogar eine Überlieferung erzählten, die wir noch gar nicht kannten. Dass sie uns in einigen Fällen auf andere Orte verwiesen, an denen eine ganz ähnliche Geschichte erzählt wurde, macht eine weitere Charakteristik der Sagen deutlich, nämlich ihr Wandern von Herdfeuer zu Herdfeuer, von Ort zu Ort, von Landstrich zu Landstrich. Viele Sagen zu historischen und sagenhaften Stätten, die – wie uns immer wieder glaubhaft versichert wurde – nur hier an diesem einen Ort stattgefunden haben, erzählte man sich auch an anderen Orten im Emsland, in Niedersachsen, ja in Europa.

Nicht alle sagenhaften Geschichten, die wir zusammengetragen haben, konnten in diesem Band Platz finden. Es lag uns vor allem am Herzen, neben den vielen bereits literarisierten und mittlerweile über mehrere Generationen hinweg schriftlich weitergegebenen Sagen einige der unveröffentlichten Überlieferungen zu präsentieren und natürlich den Leser auch an der Lebendigkeit einiger plattdeutscher Varianten teilhaben zu lassen.

Wie lange die alten Sagen noch im lebendigen Erzählen und im kollektiven Gedächtnis verankert sein werden, lässt sich nicht absehen. Die Freude am Erzählen ist den Menschen trotz der Angebote des Fernsehens und des Internets geblieben, doch die Konkurrenz für die alten Volksüberlieferungen ist groß: Heute bestimmen sagenhafte Geschichten der Gegenwart das Erzählen und spiegeln die Sorgen und Nöte der modernen Menschen wider. Die Ängste der Menschen vor dem Fremden, vor Unfällen oder Krankheiten, Verbrechen und Gewalt kleiden sich nun jedoch in ein zeitgemäßes Gewand. Nicht die Furcht vor Räubern oder dem Teufel treibt heute die Menschen um, sondern die Orte der modernen Einsamkeit und Hilflosigkeit, die zahlreichen Tücken der Technik oder die Gefahren des modernen Straßenverkehrs.

Die alten Sagen neben ihrer „modernen Konkurrenz" zu erhalten, bleibt dennoch eine lohnenswerte Aufgabe. Sind sie auch als historische Quellen keine glaubwürdigen Zeugnisse, so erzählen sie doch viel über Zusammenleben und Weltbild der früheren emsländischen Bevölkerung. Und nicht zuletzt können wir durch sie vielleicht auch ein wenig in die fesselnde Atmosphäre der Herdfeuerrunden eintauchen.

Dank zu sagen gilt es an dieser Stelle allen Emsländerinnen und Emsländern, die Sagen in schriftlicher oder mündlicher Form für diese Edition zur Verfügung gestellt oder uns den Weg zu den sagenhaften Orten gewiesen haben. Neben zahlreichen Heimatforschern aus dem südlichen Emsland waren dies auch Herr Michael Höveler-Müller aus Rheinbach, Herr Josef Grave vom Emsländischen Heimatbund in Meppen und Herr Albert Vinke aus Rhede mit seiner umfangreichen Manuskriptsammlung.

Die Überlieferung vom „Kahle-Stein“ in Thuine erzählte uns Herr Georg Sunder aus Thuine, der auch die Sage „Nen Haup Goldstücke“ in das Thuiner Platt übertrug. Ludwig Krane aus Messingen berichtete uns die Geschichte vom „Teufelsstein in Messingen“ und verwies auf Überlieferungen von den „Plaggenstechern“ im selben Ort. „Das Mädchen mit dem kleinen Gesicht“ ist eine Erzählung, die noch heute in Wettrup mündlich überliefert ist. Frau Wilken-Keeve hat sie uns mitgeteilt. Auf eine mündliche Erzählung von Theresia Brüning, geb. Brinker, geht die Sage „Die unheimliche Fährfahrt“ zurück. Sie ist in einer ähnlichen Version auch in Tegeders „Stammbaum und Geschichte der Tegeder zu Glesen“ festgehalten.

Dank sagen wir aber auch allen, die künstlerische und fotografische Bildvorlagen für dieses Buch zur Verfügung gestellt haben, allen voran Herrn Richard Heskamp, der es wieder einmal verstanden hat, die sagenhaften Motive in das rechte Licht zu rücken.

Leipzig und Lingen im Juli 2009
Stefanie Dellemann und Andreas Eiynck

Quellen und Literatur

Aus dem Sagenschatz der Heimat. *Artikelserie in der Emslandzeitung/Papenburg, 1964.* | *von Beesten, W.:* **Actenstücke.** *Beiträge zur Characteristik des Kulturkampfes und seiner Folgen. Lingen 1883.* | **Bilder aus der Heimat.** *Der Heimatkunde des Kreises Lingen erste Folge. Hg. v. Hauptlehrer Joseph Tiesmeyer. Lingen 1912.* | **Die Sagen der Heimat.** *Sagenschatz des Regierungsbezirks Osnabrück. Ges. u. hg. v. Adolf Wrasmann. Osnabrück 1908.* | **Der Hümmling.** *Ein Heimatbuch. Hg. v. Kath. Kreislehrerverein des Kreises Hümmling. Osnabrück 1929.* | **Der Kreis Lingen.** *Hg. vom Lehrerverein der Diözese Osnabrück. Lingen 1905. (= Beiträge zur Heimatkunde des Regierungsbezirks Osnabrück 1), S. 187f.* | *Goldschmidt, Bernhard Anton:* **Geschichte der Grafschaft Lingen und ihres Kirchenwesens insbesondere.** *Osnabrück 1850.* | **Heimatkalender des Kreises Meppen 1925.** | **Heimatkunde des Kreises Aschendorf. Heft 1:** *Volkssage und Volksglaube. Hg. v. Kreislehrerverein. Zus.gest. u. ges. von Lehrer Wessels, Herbrum. Papenburg 1926.* | *Köhne, Georg:* **Lingen (Ems).** *Heimatkunde der Stadt und Gemeinde für die Hand der Schuljugend. Lingen 1922.* | **Mitteilungen der Arbeitsgemeinschaft Heimatforschung im Lingener Land Nr. 90**, *1. Juli 2001.* | *Möller, Johann Caspar:* **Geschichte der vormaligen Grafschaft Lingen von den ältesten Zeiten bis auf unsere Tage.** *Lingen 1874.* | *Mönnich, Leo (Hg.):* **1.100 Jahre Elbergen.** | *Rölleke, H. (Hg.):* **Westfälische Sagen.** *Köln 1981.* | **Sagen und Volkserzählungen aus dem Emsland.** *Ges. u. bearb. Von Hans Wessels, Christa Brinkers und Dr. Elisabeth Schlicht. Meppen 1962. (=Emslandschriften Bd. 5)* | *Schirmeyer, Ludwig:* **Osnabrücker Sagenbuch.** *Osnabrück 1967.* | *Schriever, Ludwig:* **Geschichte des Kreises Lingen.** *1. Teil: Die allgemeine Geschichte. Lingen 1905.* | *Schriever, Ludwig:* **Geschichte des Kreises Lingen.** *2. Teil: Geschichte der einzelnen Kirchspiele. Lingen 1910.* | *Schwerdt, Karl:* **Was die Alten einst am Herdfeuer erzählten …** *Räuber hausten im Frerener Wald – Düwelskökke in der Heimatsage. Zeitungsartikel, Ort und Datum unbekannt.* | *Tegeder, Johann Gerhard:* **Stammbaum und Geschichte der Tegeder zu Glesen.** *Abschrift für Bernhard Tegeder. 1919.* | *Tenfelde, Walter:* **Die Mühlen im ehemaligen Landkreis Lingen.** *Lingen 1985.* | **Unsere Heimat.** *Lesebogen für die Schulen des Kreises Lingen/Ems X. Sagen der Heimat. Zus.gest. v. Chr. Oberthür, Fr. Busche, Fr. Barth, H. Dünheuft. Lingen 1954.* | *Völker, Chr.:* **Notizen über Lengerich aus früherer Zeit.** *Handschriftliche Sagensammlung um 1830 (Abschrift).* | **Volkserzählungen aus dem westlichen Niedersachsen.** *Ges. u. hg. v. Gottfried Henßen. Münster 1963.* | **Von unserer Väter Art und Sinnen.** *Eine Sammlung heimatlicher Sagen, Märchen und Geschichten. Zus. gest. u. hg. v. Fritz Weitkamp. Osnabrück 1935.* | *Wellmann, Heinrich:* **Die Bauerschaft Mehringen a. d. Ems und Umgegend des Kirchspiels Emsbüren im Kreise Lingen (Ems).** *Ein Beitrag zur Heimatkunde. Lingen 1934.* | *Wessels, Hans:* **Ortschronik der Gemeinde Rhede (Ems).** *Rhede 1966 (unveröffentlicht).* | *Winckler, Joseph:* **Der Westfalenspiegel.** *Dortmund 1952.*

I

Von Hünen und kleinen Leuten

Einsame Heideflächen, ausgedehnte Moore mit kleinen Seen und große Dünen, die sich aus der sonst so ebenen Umgebung an den Ufern der Ems erhoben – das Landschaftsbild des alten Emslandes mag so manchen seiner Bewohner zu dem Glauben beflügelt haben, dass seine Heimat in ferner Vorzeit von zahlreichen mythischen Wesen bewohnt gewesen sei. Vor allem die Hünengräber und großen Findlinge, die man noch heute überall im Emsland entdecken kann, waren seit jeher wörtlich genommen ein Stein des Anstoßes für sagenhafte Geschichten über die Vergangenheit. Da die meisten Großsteingräber einsam in der Landschaft lagen und man sich ihre Entstehung nicht so recht erklären konnte, umgab diese Orte etwas Mystisches. Hatten hier einst Riesen und Zwerge – die Aulken oder auch Hohnken, wie man sie im Emsland nennt – ihr Zuhause gefunden? Ihre Spuren glaubte man noch lange sowohl in den Großsteingräbern als auch in sonderbaren Erderhebungen oder in Form von urgeschichtlichen Gefäßen zu entdecken, die man bei Feldarbeiten unter der Erde fand. Der Sage nach haben die Riesen und Zwerge das Emsland verlassen, als das Christentum hier Einzug hielt. Sie konnten das Läuten der Glocken nicht vertragen.

Der Riese im ehemaligen Urwald in Mehringen

Im Norden des früheren Urwaldes Mehringer Wohld liegen auf einer Anhöhe die Mehringer Hünensteine. Riesen haben dort auf ihrer Wanderung ihre Holzschuhe ausgeschüttet, wobei auch diese Steine mit herausfielen. Als nun später wieder einmal ein Riese in diese Gegend kam und diese Steine fand, spielte er mit ihnen nach Kinderart, indem er einige von ihnen auftürmte und diese mit anderen wieder umwarf. Durch den Lärm, den sein Spiel verursachte, geriet ganz Emsbüren in den größten Schrecken. Die Einwohner befürchteten zitternd, jeden Tag könne der Riese kommen, um sie der Reihe nach auf seinem Butterbrot zu verspeisen.

Da kam ein altes, mageres Schneiderlein auf einen klugen Einfall, dessen Ausführung jedoch mit der größten Lebensgefahr verbunden war. Aber der Schneider hatte Mut und er wollte Emsbüren retten. Er sagte: „Gebt mir zwölf Paar verschlissener Schuhe! Diese binde ich paarweise zusammen, hänge sie um und gehe so zu dem Riesen.“ Seine Bitte wurde erfüllt und ohne zu zögern

Die Hünensteine in Mehringen.

machte er sich auf den Weg. Als er bei dem Riesen anlangte, spielte dieser eben wieder mit den Steinen. Verwundert hielt er in seiner Beschäftigung inne, als er den Schneider sah. „Woher kommst du altes, mageres Kerlchen?“ Der Schneider antwortete: „Von Büren.“ „So, schon gut“, erwiderte der Riese, „eben dorthin wollte ich auch, denn ich habe gehört, dass es dort manchen Leckerbissen gibt. Was bedeutet es aber, dass du all diese Schuhe umgehängt hast?“ „Sieh“, sagte der Schneider darauf, „alle diese Schuhe waren neu, als ich meine Reise antrat. Unterwegs sind sie jedoch verschlissen und ich band sie zusammen, damit der Schuster sie flickt, wenn ich nach Hause komme.“ Da erstaunte der Riese und sagte: „Wenn Büren noch so weit entfernt ist, dann gehe ich lieber gar nicht dorthin. Scheinbar ist dort auch nicht viel zu holen, denn du altes, trockenes Schnörpel-Kerlchen bist ja nichts als Haut und Knochen. Lauf deiner Wege!“ So kam der Schneider glücklich wieder zu Hause an. Emsbüren war vor dem Riesen im Mehringer Urwald gerettet.

Riesen im Emsland

Der älteste Stamm des Riesenvolkes, das vor langer Zeit im Emsland lebte, wohnte auf dem Hümmling – und zwar im Börgerwald. Die Riesenfrauen gingen immer zur Ems, um weißen Sand zu holen. Einst war wieder eine Riesenfrau mit einer Schürze voll Sand auf dem Heimweg. Um noch vor der Dunkelheit nach Hause zu kommen, eilte sie schnell über das unebene Gelände. In ihrer Hast stürzte sie, das Schürzenband zerriss und der ganze Sand lag auf der Erde. Er ist dort liegen geblieben, wo sie ihn einst fallen ließ. Heute wird er die Düne genannt.

Ein Riesenkind hat den Holskenberg errichtet. Munter hatte das Mädchen am großen See gespielt. Es zog die Strümpfe aus, setzte die Holzschuhe auf das Wasser und ließ sie von den Wellen schaukeln. Dann pflückte es Blumen und dabei vergaß es die leichten Schiffe ganz. Als es die Holzschuhe wieder anziehen wollte, war einer fort. So sehr das Mädchen auch suchte, er blieb verschwunden. Da wurde es böse: „Wenn ich dich finde, vergrabe ich dich in der Erde!“ Da aber lag der Schuh plötzlich wirklich vor ihr. Ärgerlich schleuderte das Kind ihn auf die Erde, ging hin und holte eine Schürze voll Sand. Davon warf es zehnmal eine Handvoll fort und schüttete den Rest auf den Holzschuh. – Kommt man an die Ems, in das Zauberreich der Aulken und Riesen, ist der Schauplatz dieser Erzählung leicht zu finden. Er ist dort, wo man zehn kleinere Berge in einer Reihe erblickt, nicht weit davon eine größere Anhöhe und in der Nähe einen lieblichen See.

Der Sage nach sind die großen Dünen im Emsland das Werk von Riesen. Auch Aulken sollen sich hier versteckt haben. Das Bild zeigt eine Sanddüne im Wachendorfer Wacholderhain bei Lingen, um 1930.

De Baorenbarg

't is all lange, lange her, do waohnde hier herüm en Riesenvolk, slechte Heidenmensken. Dor was ock ene Riesenmauder, de har twee quaode Döchters, de ehr' eegen' Mauder nich bäter behandelten äs en Stück Veih. Enmaol gung de Olske van de Börgerwold, wor se waohnde, un wor nu noch all' de Hünensteene liggen, dwars ower 't Moor, üm ehre Familge to besöken. De Sünn' brannde up de flacke Heide, un dat olde Menske hechede 't ut vör Benautheit. Se konn' baolde nich mehr wieder. Se suckelde so lange, bis se tolest dot daal stört'de.

As de Döchters gewaohr worden, dat ehr' Mauder dot un unbeerdiget in de Heide lag, segg de eene: „Laot de Raoben un Kraihen dat olde Wiew man upfräten!" De annere meende: „Eene Schude vull Sand will 'ck ehr doch noch günnen!" Se nam sick de Riesenschude vull un woll' ehr' Mauder domit taudecken. As se hier in use Gägend kummen was, broken de Schudenbänder, un de heele Sand full up de Grund, un dovan is de Baorenbarg kaomen.

Nu kam en swaor Unweer upsetten. De Blitze jogen sick man so dör de düstren Wulken, un dat Grummeln was miseraobel dull. Dat grote Wicht lät vor Schreck de Sand liggen un flüchtede ower 't Moor. Man dor, wor se ehr' Süster verlaoten har, was de Erde utenander bursten, un de ungeraoden' Dochter was lebendigen Liew's in de Hölle faohren. Dat Moorwaoter bullerde van allen Sieten in dat Lock. Et waorde van all' den Höllenschwäwel goldgäl farwt, un van de Verschwundene häw man noit wer wat hört of sehn.

Man dat anner' Wicht löp noch immer naoh soväöl hunnert Jaohren ower de Heide un will de Sand wer in ehr' Schude scheppen, aber immer stuw he wer weg. In düster' Nachten hört man tauwielen en Stöhnen un Jammern. Se kann nich eher Ruh' finnen, bis se de Sand van de Baorenbarg mit ehr' eegen Händen up ehr' Mauders Graft, dat frömde Lüe graowen hebbt, schmäten heff. Wanneer se dat wal klaor krigg! Immer wenn se de Sand faoten will, weihet de Wind üm wer weg, un ehr' Schude bliw läög.

Die beiden Riesen

Es waren einst zwei Riesen, der eine wohnte im Mehringer Wald, der andere im Lohner Holz. Eines Abends hatten sie sich verabredet, am folgenden Tage im Backofen bei den Mehringer Hünensteinen zusammen Brot zu backen. Als nun am anderen Morgen der Lohner Riese mit einem mächtigen Brotteig auf dem Schiebkarren bei den Hünensteinen in Mehringen ankam, lag sein Genosse noch in der Hütte und schlief. Der Erste wunderte sich, weckte ihn und sagte: „Wie? Du liegst noch in der Hütte? Ich glaubte, gehört zu haben, dass du mit dem Schräpper den Teigtrog auskratztest. Davon bin ich erwacht, habe schnell meinen Teig geknetet und bin mit ihm hierher gekommen." „O nein", antwortete der andere gähnend, „ich habe mich nur gekratzt, wo es mich juckte."

Die Sage von den beiden Riesen, die sich zum Backen verabredet haben und dabei einen Höllenlärm veranstalten, erzählte man sich auch in anderen Teilen des Emslandes. In der Nähe von Vrees war es der „starke Herm", der sich mit einem Kollegen aus Lindern im Oldenburgischen den Backofen teilte. Von ihm berichtet eine andere Sage Folgendes:

De starke Herm

Vor etlichen hundert Jahren soll auf der Grensenhöhe bei Vrees ein Riese gelebt und die Felder bestellt haben – „de starke Herm" wurde er genannt. Auch im Saterland gab es einen Bauern, der Riesenkräfte in seinen Gliedern spürte. Da er viele wundersame Geschichten vom starken Herm gehört hatte, machte er sich eines Tages auf den Weg nach Vrees, um mit dem Riesen seine Kräfte zu messen.

Nahe beim Dorf traf er auf einen grobknochigen Bauern, der mit einem Ochsen den Acker pflügte. „Heda, kannst du mi wal seggen, wor de Gräsenhöge is mit den starken Herm?" Der andere hielt in seiner Arbeit inne: „Wat wullt du dann bie üm?"

Der Saterländer klopfte herausfordernd auf seine Armmuskeln: „Ick will üm wiesen, dat ick nich bange vör üm bün!"

Da lachte der starke Herm laut auf, denn er selbst war es, den der Saterländer angesprochen hatte. Er fasste den Pflugsterz mit seiner rechten Faust, hob den Pflug mitsamt dem Ochsen empor und zeigte in die Weite: „Dor ligg' de Gräsenhöge, de hört den starken Herm to!" Der Saterländer war höllisch erschrocken, als er das Kunststück mit dem Pflug und dem Ochsen sah. Wenn alle Bauern in dieser Gegend so stark sind, dachte er, dann will ich mich lieber aus dem Staube machen. Und mit einem kurzen Gruß kehrte er Vrees den Rücken. Der starke Herm aber lachte höhnisch laut hinter ihm her.

Der Opferstein bei Börger

In alten Zeiten war der Hümmling noch von riesigen, dichten Tannenwäldern bedeckt und mit weiten Sümpfen überzogen und die Urbewohner, die Hünen, hausten in tiefen Höhlen inmitten der dunklen Wälder. Sie waren von gewaltiger Körpergröße und besaßen ungeheure Kräfte. Alljährlich trafen sich die Hünen zu einer großen Jagdfeier. Gemeinsam gingen sie dann tagelang auf Jagd auf die Rehe, Hirsche, Wildschweine, ja sogar Bären, die in den Wäldern lebten.

Wenn die Jagdtage beendet waren, wurde ein großes Schmausessen veranstaltet. Man focht Kraftproben aus und spielte so manches fröhliche Spiel. Am beliebtesten war das Kegelspiel. Von einem hohen Berg schleuderten die Hünen gewaltige Steinblöcke in weit entfernte Täler, wo kegelförmig mehrere Steine aufgeschichtet waren. Sieger war derjenige, der es schaffte, mit einem gewaltigen Wurf das aufgetürmte Steingebilde zu zerstören.

Eine der höchsten Erhebungen des Emslandes war einst die Loruper Höchte. Heute ist dieser Berg bedeutend kleiner, große Erdumwälzungen haben ihn, wie so viele andere, nach und nach abgeschliffen. Von der Loruper Höchte aus konnte man weit in die Welt blicken. Hier trafen sich vor vielen hundert Jahren wieder einmal die Hünen und veranstalteten nach vorangegangener Jagd und fröhlichem Treiben ein solches Kegelspiel. Haufen von Steinblöcken wurden auf den Berg geschleppt und der Reihe nach schleuderten die Hünen die gewaltigen Steinmassen auf ein Steingebilde, das fern in Ostfriesland aufgestellt war.

Einer der Steine war so groß und schwer, dass nur der Stärkste unter den Hünen sich kräftig genug glaubte, ihn mit einem gewaltigen Schwung auf den weit entfernten Kegel schleudern zu können. Und wirklich, mit größter Kraftanstrengung gelang es dem Hünen unter den Hünen, den Block in hohem Bogen von sich zu stoßen.

Doch der Stein wurde von dem hohen Schornstein eines Hauses in Börger behindert. Nachdem der große Steinbrocken den Schornstein gestreift hatte, überschlug er sich noch mehrmals und schlug dann mit einem gewaltigen Krach in einem Tal bei Börger nieder. Dort liegt der Stein noch heute. Die Hünen, die in dem in seinem Flug behinderten Stein einen Fingerzeig ihrer heidnischen Götter sahen, opferten hier von nun an zu besonderen Anlässen und Festen ihren Göttern Opfertiere. Daher hat der riesige Felsbrocken den Namen Opferstein.

Über den „Kahlen-Stein" oder auch „Karlstein" bei Thuine weiß man in der mündlichen Überlieferung eine ähnliche Geschichte zu berichten. Hier hatte der Bauer Kahle gerade Brot gebacken, als hungrige Riesen auftauchten und alles Brot verzehrten. Sie rühmten sich ihrer Stärke und behaupteten, dass sie mit einem auf dem Hof liegenden Stein die Thuiner Kirche umwerfen könnten. Ein Riese legte den Stein auf den linken Handrücken und schnipste ihn mit dem Mittelfinger der rechten Hand in Richtung Thuine. Dort kam er jedoch nicht an, sondern stürzte in den Wald nahe dem Thuiner Großsteingrab und blieb somit etliche Kilometer vor seinem Ziel liegen.

Der „Kahle-Stein" bei Thuine.

König Surbold

Das größte Hünengrab des Hümmlings lag im Börgerwald. Es war das Grabmal Surbolds, des Königs der Friesen, der in der für Wittekind, den Herzog der Sachsen, unglücklichen Schlacht bei Bokeloh seinen Tod fand. An einem Baum in der Nähe des Hünengrabes hing vor langer Zeit ein Schild, das die Inschrift trug:

„Hünenkönig Surbold
Ligg begraven in' Börgerwold
In een vergolden Husholt (Sarg)."

Andere erzählen, die Schrift sei in den Stein selbst eingehauen gewesen und darunter sollen noch die Worte gestanden haben:

„Wunder över Wunder,
Wat liggt hier under?"

Und als man einst den gewaltigen Deckstein umdrehte, unter dem eine ganze Schafherde Platz hatte, in der Hoffnung, einen Schatz zu finden, da entdeckte man nur die Inschrift:

„Dat was Tid,
Dat ick quam up mine änn're Sit'!"

Vom Heidenkönig im goldenen Sarg wissen viele Überlieferungen zu berichten. Ein solcher Goldsarg soll auch in der Nähe des Gallberges in Andervenne vergraben sein, die genaue Stelle ist jedoch nicht überliefert. Auch der Windmühlenberg bei Thuine birgt angeblich einen goldenen Sarg, in dem ein alter Häuptling beerdigt wurde. Vom Goldsarg eines mächtigen Königs erzählen Überlieferungen aus Varenrode. Zwischen Bünkers Kamp und der Heeda soll dieser vergraben worden sein. Bereits zu Beginn des letzten Jahrhunderts kannte man jedoch diese Orte nicht mehr.

Die Aulken im Emsland

Die Aulken waren kleine Gesellen, knapp anderthalb Fuß hoch. Sie trugen schwarze Kleidung und auf dem Kopf eine rote Zipfelmütze. Man bekam sie selten zu Gesicht. Am Tage blieben sie zumeist in ihren unterirdischen Höhlen in den Borsumer und Tunxdorfer Bergen oder in den Hexenbergen bei Lehe. Bei Nacht kamen sie hervor, stahlen von den Äckern Gemüse und Korn und aus dem Stall die Milch. Trotzdem wagte es keiner, ihnen entgegenzutreten, denn sie konnten sich unsichtbar machen und kannten geheime Zauberkünste. Wehe dem, der es sich mit ihnen verdarb! Doch sie haben auch manches Gute getan.

Zuerst waren die Aulken recht bescheiden. Sie gingen den Knechten und Mägden heimlich nach und lasen sorgfältig die Tropfen Milch auf, die verschüttet wurden. Bald aber glaubten sie, ein gutes Recht auf einen Teil der Milch zu haben und wenn die Magd beim Durchsieben nicht etwas verschüttete, dann stießen sie die vollen Milchbehälter um. Später gingen sie sogar bei den Bauern von Borsum und Herbrum in die Ställe und molken die Kühe aus. Wurden sie dabei überrascht, gossen sie die Milch aus und flohen mit Gepolter und lautem Geschrei aus dem Stall. Auch Butter aßen die kleinen Wichte gern. Nachts kamen sie in die Häuser und butterten. Wurden sie dabei gestört, warfen sie das Butterfass um – und fort stob der ganze Schwarm. Bald war nichts mehr vor ihnen sicher. Dem Bauern holten sie das Korn vom Boden. Nur wenn er ein Kreuz darauf machte, wagte sich keiner heran.

Die Erschaffung der Aulken

Dat was to de Tiet, as use Herrgott hier noch in Person up Erden wandelte. Do köm hei es äines gouden Dages an'n Huus. In dat Huus da wören tein Kinner. Fiewe van de Kinner woren heel moi, de annern fiewe wören eislick. Do fraochde hei, wie hei bi de Frau köm: „Waor bünt ju Kinner?“

De Frau de här aower de eislicken van de Kinner, wie se den Herrn säöch, in'n Keller stoppet un do sech se: „Düt bünt mine fief Kinner!“

Do sech us Läiwe Heer: „Wo bünt de annern?“

Do sech sei: „Mehr häbb ick nich!“

Do säinde us Läiwe Heer de fief Kinner un sä: „Wat baoben is, schall baoben bliewen; wat unner is, schall unner bliewen.“ Domit güng he sinen Patt up.

As us Läiwe Heer nu ne kurze Tiet wäg was, do köm de Frau in Uprohr un kreech Angst, weil sie nich bi de Waohrheit blewen wör. Se löppde, wat se könn, in'n Keller, un as se de Dör upmök, do säöch se, dat de fief Kinner Aulken wören, un dat so in Erfüllung gaohn wör, wat us Läiwe Heer secht här.

Un van düsse fief Kinner stammt ale Aulken, die wi hier in't Emsland kennt häbbt.

Aulken plagen eine geizige Frau in Rhede

In Rhede lebte eine Hofbesitzerin, eine starke, energische Frau. Sie war ebenso geizig wie reich. Das wusste jeder und alle hielten sich von ihr fern. Und doch musste eine Frau in der Not bei ihr Arbeit annehmen. Als das Ende der ersten Woche gekommen war, zahlte die Geizige nicht den versprochenen Lohn, wenn auch die Arme flehentlich darum bat.

Das war ein gefundenes Fressen für die Aulken. Schweißgebadet erwachte die Frau in der folgenden Nacht. Aufrichten konnte sie sich nicht. Atemholen wurde fast unmöglich. Die Brust war ihr wie mit Eisenklammern zusammengepresst. Da sah sie zwei Aulken auf sich sitzen, die ihr den Atem nahmen. Sie flehte um Befreiung von der schweren Not, musste aber erst versprechen, am nächsten Morgen der armen Frau den doppelten Lohn zu bringen. Von der Stunde an war sie gut gegen jedermann.

„Aulke, tau Bräi!“

Bei Tunxdorf vertrugen die Aulken sich besser mit den Menschen. Diese gingen bei Hochzeiten und Kindtaufen zu den Tunxdorfer Bergen und liehen von den Aulken Kupfer- und Zinngeschirr. War die Feier vorbei, brachten sie das Geschirr zurück und legten als Bezahlung für das Ausleihen ein Stück Fleisch oder eine Wurst in den Kessel.

Einst hatte ein Mann einen kupfernen Kessel geliehen. Als er ihn nicht mehr brauchte, legte er ein Stück Wurst hinein und schickte seinen Jungen damit an den Berg. Der aß unterwegs die Wurst, legte aber dafür einen Stein in den Kessel. Als der Aulk den Kessel in Empfang nahm und den Schabernack bemerkte, fasste er den Jungen bei den Ohren und drehte ihm den Kopf herum, sodass dieser verkehrt auf dem Rumpf saß. So kehrte der Junge ins Dorf zurück. Seit diesem Tag liehen die Aulken nichts mehr aus.

Die Tunxdorfer Aulken scheinen immer streng auf die Bezahlung ihrer Dienste geachtet zu haben. In der Nähe der Berge war einmal ein Bauer mit Pflügen beschäftigt. Da hörte er den Ruf: „Aulke, tau Bräi!“, was soviel heißt wie „Zum Brei, zum Frühstück!“ – Ei, dachte er, so etwas könnte dir auch schmecken, und er rief: „Mi uck ’n Napp vull!“ Als er herumgepflügt hatte und wieder an die Stelle kam, stand in der Furche ein Napf, bis zum Rand mit dampfendem Brei gefüllt. Der Bauer trank, bis der Napf leer war. Da fiel ihm ein, dass er wohl bezahlen müsse. Er durchsuchte seine Taschen und fand schließlich einen alten Pfennig, der lange außer Kurs gesetzt war. Den legte er in den Napf und pflügte ruhig weiter. Als er zurückkam, sah er einen Aulken in der Furche stehen, den Napf in der einen

Hand, das Geldstück, das er genau betrachtete, in der anderen. Plötzlich schleuderte er den Pfennig heftig in die Furche zurück und rief im Davonlaufen: „Dat is dien Glück wäsen!“ Der Bauer nahm das Geldstück wieder auf und sah, dass es auf der Rückseite ein Kreuz hatte. Das hatte den Aulken wohl verscheucht.

Der Aulken Auszug

Als das Christentum sich ausbreitete, entschlossen sich die Aulken zur Auswanderung. Eines Abends erscholl überall im Emsland, wo Aulken wohnten, ein klägliches Geschrei: „Ike Ake is dood!“ Wer Ike Ake war, weiß man nicht genau, man vermutet, dass es der letzte König der Aulken gewesen ist. Sofort rüsteten sich die Aulken zum Aufbruch. Diejenigen, die in den Leher Hexenbergen wohnten, zogen nach Bollingerfähr zwischen Dörpen und Heede, um sich dort über die Ems setzen zu lassen. Es war Mondschein und der Fährmann hörte vom Dörper Ufer die Stimme eines Männchens: „Haol aower!“ Der Fährmann wollte das Seil des Bootes lösen, aber das Männchen rief: „Pünte metbrengen!“ In der Meinung, dass ein Wagen in Sicht sei, nahm der Fährmann die Pünte. Am anderen Ufer aber fand er nichts als einen einzelnen kleinen Mann, in dem er zu seinem Schrecken einen Aulken erkannte. Der Aulk trat in die Pünte und hinter ihm trippelte und trappelte es, dutzendfach, hundertfach und noch mehr, und als das Getrippel endlich sein Ende erreicht hatte, kostete es den Fährmann einige Mühe, die Pünte zu bewegen und an dem Seil an das Heeder Ufer zu bringen. Als das gelungen war, forderte der Aulk den Fährmann auf, seinen Hut am Ufer aufzustellen. In diesen warf der Aulk das Fährgeld und die übrigen taten desgleichen. Es kamen so viele Kupferstücke zusammen, dass der Fährmann seinen Hut zweimal leeren musste und er beinahe noch zum dritten Mal gefüllt wurde. Die Aulken sind damals nordwärts gezogen und niemand hat seitdem wieder etwas von ihnen gesehen. Erinnerungen an ihr Dasein sind jedoch noch geblieben. An sandigen Stellen stößt man hin und wieder auf in die Erde vergrabene Töpfe, das sind Aulkenpötte, die haben zu ihrem Hausrat gehört.

Die Hohnken in Gleesen

Auf dem Tegederhof zu Gleesen ist Feierabend. Im großen Küchenherd, um den sich nach dem Abendessen alle Hausgenossen versammeln, glühen die harten Buchenscheite. Jeder der Anwesenden hat seinen eigenen Platz, der, mit geringer Ausnahme, jeden Abend eingenommen wird. Der flackernde Lichtschein dringt durch die Öffnungen des Ofens und malt gespenstische Figuren auf Boden,

Bei der Feldarbeit konnte es den Bauern passieren, dass sie einem Aulken begegneten oder in der Erde auf einen der sagenhaften Aulkenpötte stießen. Der pflügende Bauer hinter den Pferden wurde um 1930 fotografiert.

Wand und Decke. Der Herbststurm heult ums Haus. Er rüttelt und schüttelt die Äste, reißt und zerrt am Gebälk, rummelt im alten, weiten Schornstein. Manch Ängstlicher vermeint, „de aolle Uhle“ zu hören, die ihm schreckhaft ihr „Kumm mit, kumm mit“ entgegenzurufen scheint.

Solch rabenschwarze, stürmische Herbstnacht mit dem Schrei der Eulen ist so recht geeignet, eine gruselige, unheimliche Stimmung zu erwecken. Das ist der günstige Augenblick, alte Geschichten, Erzählungen und Sagen wieder lebendig werden zu lassen. Besonders die Kinder sind es, die immer wieder etwas von den „aollen Tiden“ und von „vör düssen“ hören wollen.

Noch weiß der Vater nicht, ob er vom „aollen Spiekhäär“ aus Bramsche etwas erzählen soll, der zur Strafe für seine schlimmen Taten als wilder Jäger hinter den Hornkämpen nachts zwischen zwölf und ein Uhr jagen muss, oder vom goldenen Sarg im Mühlenberge, der vielleicht von den Heiden oder den Hohnken dort verborgen wurde. Da ist das Stichwort schon gefallen. Von den Hohnken wollen die Kinder wieder hören, den winzigen Gestalten mit den Bärenkräften. Und so erzählt der Vater zum wiederholten Mal:

„In alten Zeiten wohnte in Gleesen das sonderliche Volk der Hohnken. Als die Menschen immer mehr das Land zwischen Ems und Aa besiedelten, zogen sie sich scheu zurück. Schließlich hausten sie am Mühlenberg, in dessen Nähe die Große Aa ihr Wasser der Ems zuleitet. Dort fanden sie zwischen Sumpf und Wald ihre letzte Zuflucht.

Die Hohnken waren von zwergenhafter, kleiner Gestalt. Ihr Körper ruhte auf kurzen, dünnen Beinen, mit denen sie aber ungeheuer schnell laufen konnten. In ihren Armen wohnte eine gewaltige Kraft. Neugierig schlichen manchmal junge Burschen zu ihrem Lagerplatz, um das merkwürdige Volk der Hohnken zu belauschen und ihr Treiben zu beobachten. Und was sie da sahen und den Leuten im Dorfe berichteten, war sonderbar genug. In Gruppen hockten die Hohnken um die Feuerstellen und bereiteten eifrig ihr Lieblingsmahl. Sehnsüchtig schaute Jung und Alt auf den Braten, der an einem Spieß langsam über dem Feuer gedreht wurde. Bei genauem Hinsehen konnte man erkennen, dass es Katzen waren, die da am Spieß steckten. Ja, Katzen waren die Lieblingsnahrung der Hohnken. Von Natur aus friedlich, konnten die kleinen Gesellen höchst zornig werden, wenn sie von den Menschen dabei überrascht wurden.

Diese Tatsache machte sich ein junger Knecht zunutze, der beim Bauern Fielers diente. Er wollte die sonst harmlosen Wesen ärgern. So ritt er eines Tages auf dem schnellsten Pferd seines Herrn zu den Hohnken. Eben brieten sie wieder Katzen. Voll Übermut rief er ihnen Spottverse zu. Eine ungeheure Erregung kam in die kleinen Gestalten, die noch gesteigert wurde, als er ihnen mit höhnenden Worten eine tote Katze zuwarf, die er mitgebracht hatte. In ohnmächtiger Wut sprangen sie auf und ergriffen die bereitliegenden Beile und Messer. Voller Angst wendete der Knecht nun sein Pferd und jagte davon. Die Hohnken jagten hinter ihm her. Verzweifelt spornte er das Pferd zu noch schnellerem Lauf an, um die Verfolger abzuschütteln. Doch mehreren gelang es, hinter ihn auf das Pferd zu springen. Der Knecht, ein baumstarker Mensch, vermochte kurz vor seinem Haus unter großer Mühe die Hohnken abzuschütteln. Als wenn auch das Pferd die große Gefahr ahnte, setzte es mit letzter Kraft zum entscheidenden Sprung an. Es flog mit dem Reiter über die Untertür auf die Diele. Ein Hohnke warf sein Beil nach ihm. Krachend fuhr es in den Pfosten der Eendöre und blieb dort stecken. Der Knecht war gerettet, denn hinter dem schützenden Tor erlischt die Macht der Hohnken.

Mit tiefem Groll auf die Menschen haben die Hohnken daraufhin ihre Heimat am Mühlenberg verlassen. Niemand hat sie seit jenem Tage wieder gesehen.“

Längst ist das Feuer im Herd niedergebrannt. Es ist Schlafenszeit. Bald liegt der Tegederhof in tiefer Ruhe. Der Sturm hat sich gelegt. Nur leise streicht der Wind um Baum und Haus. Geräuschlos fliegt eine Eule durchs Wipfelwerk. Mit ihren großen Augen schaut sie verwundert in die schmale Sichel des aufkommenden Mondes. In der Schlafkammer aber ruhen mit geröteten Wangen die Kinder des Bauern. Sie träumen vom Spiekhäär, dem wilden Jäger, der plötzlich die Gestalt von Fielers Knecht annimmt. Hinter ihm her rasen mit klagendem Laut riesige Eulen. Aus ihrem dichten Federkleid aber glühen die Augen der tödlich beleidigten Hohnken.

Abgeschiedene und geheimnisumwitterte Orte sind in vielen Sagen Schauplatz übernatürlicher Begebenheiten.

II

Vom Teufel und seinen Gefährten

Als Verkörperung des Bösen tritt der Teufel in vielen Sagen in Erscheinung. Nichts lässt der listige Geselle unversucht, um die Seelen der Emsländer trickreich zu ergaunern und rechtschaffene Menschen in Versuchung zu führen. Auf seiner Jagd nach den Menschenseelen nimmt der Höllenfürst ganz unterschiedliche Gestalten an: Er zeigt sich als schwarzer Hund oder Wolf, als unheimlicher Schäfer mit seinen Hunden oder verrät sich durch seinen Pferdefuß. Gebannt werden kann er allein durch christliche Zeichen und Gebete. Doch selbst dann sind die Menschen nicht vor ihm sicher. Oft wird es ihm gestattet, sich in jedem Jahr den Häusern, Höfen und Städten um ein paar Schritte zu nähern.

Die Herkunft der Mehringer Hünensteine

Manchem Reisenden, der mit der Bahn von Salzbergen nach Leschede fährt, mögen schon die mächtigen Granitblöcke unmittelbar östlich der Bahngleise aufgefallen sein, die dort zu sogenannten Hünengräbern aufgetürmt das Auge auf sich lenken. Woher kommen diese Felsbrocken hier in dieser früher menschenleeren Gegend? Der Geologe belehrt uns kühlen Herzens, dass ihre Heimat der hohe Norden ist, von wo sie auf schwimmenden Eisbergen zur Eiszeit hierher kamen und von unseren Vorfahren als willkommener Baustoff zu Ruhestätten ihrer hohen Toten verwendet wurden. Aber die Sage, die auch totem Gestein Leben einzuhauchen weiß, vermag uns ganz anderes zu berichten:

Überall strebten die bekehrten Heiden, die ihre öffentlichen Kultstätten hatten aufgeben müssen, danach, für ihren Gottesdienst nun auch ein christliches Kirchlein zu erhalten. Auch die Bewohner jener Gegend am linken Emsufer, wo jetzt die Bauernschaften Mehringen und Ahlde liegen, hatten dieses Bestreben, aber kein Weg wollte sich ihnen zeigen, ihren Herzenswunsch zu erfüllen. Da erschien eines Tages auf dem Hof des Schultheißen Meier zu Ahlde ein gar seltsamer, merkwürdiger Gesell. Sein Gesicht, seine Kleidung, sein Gang, seine Sprache – kurz alles an ihm war fremdartig.

Stracks trat er in das Zimmer des Bauern und ohne viele Umschweife bot er ihm an, ihnen eine Kirche zu bauen, und sie sollte fertig stehen, noch ehe in der folgenden Nacht der erste Hahnenschrei im Weiler laut würde. Aber dafür müsse er ihm seine Seele verschreiben oder, wenn nicht seine, die Seele eines seiner Angehörigen. Der Meier war leichtsinnig genug und ließ sich bereden, auf diese sonderbare Bedingung des unheimlichen Baumeisters einzugehen, denn er hegte die feste Zuversicht, dass der Fremde in so kurzer Frist sein Versprechen unmöglich würde einlösen können und in diesem Fall sollte der Vertrag nicht gelten. Der Besucher – es war der Höllenfürst selbst – legte dem Schultheißen jetzt ein Pergament vor, ritzte ihm mit einem Federkiel die Haut am linken Arm und mit dem hervorquellenden Blutstropfen musste er unterschreiben. Nachdem dies geschehen war, verschwand der Fremdling plötzlich. Die Bäuerin aber hatte das unheilvolle Gespräch heimlich belauscht und geriet fast von Sinnen vor Sorge und Angst um die Seele ihres Mannes. Doch nutzlos war alles Jammern und Wehklagen – der unüberlegte Handel ließ sich nicht mehr ungeschehen machen.

Als es Abend wurde, hörte man in den Lüften ein furchtbares Sausen und Brausen. Gewaltige Felsblöcke, durch Teufelsfäuste fortgeschleudert, fielen krachend auf die Baustätte nieder. Durch den grauen Schleier der Nacht sah man auf einem Hügel in der Heide ein Gemäuer sich erheben, das von den riesigen Blöcken immer höher und höher stieg. Nur noch kurze Zeit und die Kirche würde fertig dastehen, obwohl es noch nicht einmal Mitternacht war. Da wurde die Frau des Meiers von Entsetzen ergriffen. Sie gedachte dessen, was sie am Abend gehört hatte, und in wahnsinniger Angst sah sie das Unheil nahen. Ihr Mann sollte und musste gerettet werden, und die Not schärfte ihren Verstand. Die Bäuerin stürzte zur Diele, bekreuzigte sich, stellte sich vor den Hühnerwiemen, ahmte, indem sie in die Hände klatschte, den Flügelschlag eines Hahnes nach und schrie aus Leibeskräften: Kikeriki! Kikeriki! Von allen benachbarten Höfen antwortete es: Kikeriki! Kikeriki! Der Böse hatte sein Spiel verloren. Er riss den unvollendeten Bau wieder nieder und schleuderte voll Wut und Zorn Stein auf Stein nach dem verwunschenen Hahn, aber sie verfehlten ihr Ziel. Der Bauer hieß seit jener Zeit Hammeier (Hahnmeier, Homeier). Die gewaltigen, wirr durcheinander geworfenen Steine sieht man jedoch noch heute dort liegen – es sind die Hünensteine in Mehringen.

Bei zwei Findlingen, die heute nicht mehr in der emsländischen Landschaft zu sehen sind, soll es sich um ganz ähnliche steinerne „Blindgänger" gehandelt haben: Den Ikenstein fand man früher am linken Emsufer gegenüber von Hanekenfähr. Der Sage nach war es der Schlussstein für den Bau der Burg Bentheim. Der Teufel hat ihn dorthin geschleudert, als ein früher Hahnenschrei ihn an der Vollendung seines Werkes hinderte und so die Seele des Grafen von Bentheim rettete. Noch heute soll die Stelle im Turm der Burg zu sehen sein, an welcher der Stein fehlt. Der Ikenstein diente lange Zeit als Grenzpunkt für die Fischereiberechtigten von Elbergen, Hanekenfähr und Schepsdorf. Beim Emsuferausbau in den 1950er-Jahren wurde er jedoch vergraben.

Ein Hahnenschrei rettete der Sage nach den Meier zu Ahlde, der dem Teufel seine Seele für den Bau der Kirche versprochen hatte.

Der Turm des Schlosses Bentheim.

Mit dem Teufelsstein von Messingen wollte der Böse den Kirchturm von Schapen zertrümmern, der den in Beesten um ein Vielfaches überragen sollte. Der Stein fiel ihm aber vom Daumen und blieb auf einem Gebiet liegen, das heute als Grundstück Stehmann bekannt ist. Dort lag der Teufelsstein lange, bis er in den 1960er-Jahren bei der Flurbereinigung vergraben oder gesprengt wurde – hier gehen die mündlichen Überlieferungen auseinander. Heute gibt es auch vom Teufelsstein in Messingen keine Spur mehr.

Der teuflische Helfer

Trina hat es heute nicht leicht. Auf dem Acker liegen lange Reihen Düngerhaufen. Die soll sie heute auseinanderstreuen. Die Magd ist daher froh, als ein junger, freundlicher Bursche des Weges kommt und fragt, ob er helfen darf. „Du brauchst mir dafür nur das zu geben, was du morgen früh zuerst einbindest", meint er. Nun arbeiten sie zu zweit. Trina staunt über das Geschick des Arbeitskameraden. So hat sie noch keinen arbeiten sehen. Ist das nicht vielleicht der Teufel in Menschengestalt? „Was du morgen zuerst bindest", denkt Trina. „Den Rock, die Schürze? Wahrhaftig, mich will er haben!"

Aber das Mädchen ist nicht dumm. So, wie sie aus dem Bett steigt, läuft sie am kommenden Morgen zur Diele, bindet einen Strohstein um ein Bund Stroh und wirft das nach draußen. Es steht augenblicklich in hellen Flammen.

Auch auf dem Feld waren die Bauern vor den Listen des Teufels nicht sicher. Hier legen Bauern bei der Erntearbeit in Biene bei Lingen eine Pause ein, um 1930.

Eine unheimliche Fährfahrt

Die Angehörigen der Familie Brinker aus Gleesen waren Heuerleute und Musikanten. Sie spielten auf Schützenfesten und Familienfeiern. Einmal machte sich Brinker spät nachts von einer Bauernhochzeit in Bernte auf den Heimweg, weil er am nächsten Morgen bei seinem Bauern arbeiten musste. Sein Weg führte ihn an das Ufer der Ems. Beim Richterhof in Elbergen gab es ein Fährboot zum Übersetzen nach Gleesen. Als er dort eintraf, lag der Kahn auf Gleesener Seite und kein Mensch war zu sehen. Brinker rief dreimal laut: „Hei! Hei! Hei!", aber der Fährmann kam nicht. Da schrie Brinker zornig: „Is der denn kienen Düwel, der mi owerhalt?" Gerade als er sich umdrehte und zurückgehen wollte, hörte er, dass die Kette ins Schiff geworfen wurde. „Sieh", dachte er, „da kommt doch noch einer – dat de gar giene Antwort gif." Er hörte das Schiff herankommen. Als es dem Ufer näher kam und er es deutlich sehen konnte, erschrak er, denn – es war niemand darin. Was tun? Wegzulaufen wagte er nicht. Das Schiff legte an, er stieg ein. Da ging es auch schon wieder zurück. Kalt und heiß wurde es ihm, er suchte schon auf der Ems einen Stüber aus der Tasche und als das Schiff dem Gleesener Ufer nahe war, da legt er den Stüber vorne ins Schiff, sprang hinaus und rannte nun so schnell er konnte mitten durch Silieskamp nach Hause. Unterwegs spürte er, dass jemand hinter ihm her war.

Als erstes Haus in Gleesen erreichte Brinker Tegeders Scheune. Er sprang hinein und verrammelte das Tor hinter sich. Hier war er sicher. Er wagte es aber nicht, die Scheune bei Dunkelheit zu verlassen. Erst im Morgengrauen trat er heraus und ging nach Haus, um vor der Arbeit noch ein paar Stunden zu schlafen. Am nächsten Vormittag erzählte er Tegeder, was ihm nachts passiert war. Dieser antwortete, er habe sich auch schon gewundert, wo die vielen Hufabdrücke vor der Scheune wohl hergekommen seien.

Der Teufel war wohl hinter Brinker her gewesen und hatte ihn auf dem Weg nach Gleesen nicht einholen können, da Brinker über eine Wegekreuzung lief. Da der Teufel aber nicht über ein Kreuz laufen kann, musste er einen Umweg nehmen. Das hatte den Heuermann gerettet.

Das Antoniusbild in Ahlde

In der Abenddämmerung eines Herbsttages treibt der Hirt des Everingbauern in Ahlde die Kühe heim. Vor der offenen Stalltür prallt die Leitkuh erschreckt zurück und weicht nach der Seite aus. Auch die folgenden Tiere wagen nicht, die Schwelle zu überschreiten. Der Hirt eilt herzu und versetzt der gerade vor der Tür stehenden Kuh wütend einen Schlag mit der Peitsche, indem er schreit: „Goa doch herin, du Deuwel!“

Da erhebt sich von der Schwelle ein ganz gewaltig großer schwarzer Hund, den der Hirt gar nicht bemerkt hat, und schleicht geradewegs über die Diele in die Küche. Hinter dem Herd lässt er sich nieder. Der Hund des Bauern, der dort liegt, ein starkes, bösartiges Tier, springt entsetzt von seinem Platz auf, kneift den Schwanz zwischen die Beine und verkriecht sich ängstlich winselnd in die äußerste Ecke der Küche. Er wagt sich nicht wieder hervor.

Die Bäuerin bereitet das Essen. Ihr werden die Augen des nie gesehenen Gastes unheimlich, die voll Tücke und Bosheit funkeln. Der Bauer, der gerade heimkommt, geht mit einem Knüppel auf das Tier los, wagt aber unter dem furchtbaren Blick des Hundes nicht zuzuschlagen. Man versucht es mit Leckerbissen fortzulocken, es kümmert sich aber nicht darum. Man setzt sich zum Abendessen an den Tisch. Als die Magd beginnt vorzubeten, fängt das Untier an, markerschütternd zu winseln und zu heulen. Es steht auf und schleicht unruhig bald hierhin, bald dorthin. Die Magd kann vor Schreck nicht weiterbeten. Da kehrt der Hund zurück und legt sich mitten in die glühenden Kohlen des Herdes. Niemand mag mehr essen. Die Mägde flüchten in die Kammer. Dem Bauern und seiner Frau ist es, als fülle die Küche sich mehr und mehr mit Schwefeldunst. In der Angst, ersticken zu müssen, suchen auch sie die Kammer auf. Schlaf findet in dieser Nacht niemand im Hause.

Am anderen Morgen liegt das Höllentier noch auf derselben Stelle. Dem Knecht gelingt es, dem Hund einen niedrigen Schlitten unterzuschieben. Aber niemand vermag das Gerät mit dem Tier wegzuziehen. Ein Pferd wird vorgespannt, dann zwei, schließlich alle drei – aber die Schleppe mit dem Teufelsvieh darauf rückt auch nicht um einen Finger breit vor. Alle sind ganz verzweifelt. Schließlich lässt man den Pastor von Emsbüren holen. Bei seinem Eintritt beginnt das Höllentier zu knurren, fletscht die Zähne, funkelt mit den Augen, speit Flammen und Rauch aus dem furchtbar geöffneten Rachen und bläht sich auf wie ein Ochse. Aber der Geistliche lässt sich nicht bange machen, schlägt das Buch auf und fängt mit der Beschwörung an. Langsam, ganz langsam beginnt nun der Böse, seinen Platz zu verlassen. Fortwährend muss der Pastor beten und das Weihwasser gebrauchen, um den bösen Geist durch die Dielentür hinaus bis auf eine Wiese vor sich herzutreiben. Da bittet der Teufel, dort bleiben zu dürfen. „Wenn dir der heiße Höllenpfuhl nicht gefällt, dann magst du fernerhin in diesem kalten Wasserpfuhl wohnen“, erlaubt der Pfarrer. Nochmals fleht der Teufel, ihn nicht für immer hier festzubannen, sondern ihn wieder zu den Menschen zu lassen. Ohne weiter darüber nachzudenken, gestattet ihm der Pastor, sich jedes Jahr um einen Hahnenschritt der menschlichen Wohnung zu nähern.

Viele Jahre merkte man von dem Bösen nichts mehr. Die Leute sahen nur manchmal in der Nacht auf der Wiese ein Licht auf und ab tanzen, einen „springenden Hinken".

Eines Abends aber hörte Bauer Evering im Gehölz am Rande der Wiese ein furchtbares Sausen und Brausen, ein Knarren der Stämme, ein Krachen und Knacken in den Ästen, obwohl sich ringsum kein Lüftchen regte. Trotzdem war am anderen Morgen kein abgerissenes Blättchen und kein geknicktes Zweiglein zu finden. Nun wusste er, dass das der verbannte Teufel getan hatte, der bereits bis an den Wald vorgerückt war. Da ließ der Bauer schnellstens an dieser Stelle das Bild seines Namenspatrons errichten, des heiligen Antonius. Damit wurde dem höllischen Geist eine Grenze gesetzt. Bis heute hat er nicht gewagt, sie zu überschreiten.

Der Teufel mit Pferdefüßen

Kurz nach 1800 wohnten in Rhede zwei alte Großmütter am Dänenfließ. Es war um die Weihnachtszeit, der Wind heulte um das Haus, da klopfte es an die verschlossene Haustür. Die Frauen waren ängstlich. Sie ließen niemanden herein. Der draußen fuhr jedoch fort zu klopfen. Die Frauen riefen, sie hätten zu so später Stunde nicht gerne einen Fremden im Haus. Doch die Kälte war grimmig und aus Mitleid ließen die Frauen ihn nun doch endlich eintreten. Er bat um Kaffee. Den brachte ihm eine der Frauen, doch wie erschrak sie, als sie seine Pferdefüße sah! Der unheimliche Fremde konnte nur der Teufel selbst sein. Kanne und Tassen entglitten ihr, die Scherben lagen auf dem Boden. Sie eilte zur Tür, um nachbarliche Hilfe zu holen. Doch die Tür war verschlossen. Der Fremde am Herdfeuer klagte über die Kälte und meinte, er würde die Nacht über beim Feuer bleiben. Schweren Herzens gingen die Frauen zu Bett. Am folgenden Morgen waren sie zeitig bei ihrem Pfarrer. Der ging gleich mit ihnen, vergaß aber leider seine Stola.

„Woher kommst du?"

„Was kümmert dich das?"

„Wohin willst du?"

„In die Ewigkeit – und euch alle drei mitnehmen, ihr könnt mir nichts anhaben."

„Das werden wir sehen", sagte drohend der Pastor und ging fort, um die Stola zu holen. Bald war er zurück und scharf klang sein Kommando: „Nun komm mit!"

Ohne Widerrede folgte ihm jetzt der Teufel bis hinter die Borsumer Berge, wohin ihn der Pfarrer verbannte. Dort aber erklärte der Bösewicht, er wolle Rhede von nun an jedes Jahr um einen Hahnentritt näher kommen.

Die Giwwel-(Bônen-)Jagd

Vor vielen, vielen Jahren hatte ein Bauer in Berge bei Emsbüren die Giwwel-(Bônen-)Jagd im Haus. Jeden Abend hielt ein Schäfer mit etlichen Hunden bei ihm Einkehr. Die unheimliche Gesellschaft nahm hinter dem Herd Platz und der Schäfer spielte mit seinen Hunden, sprach aber kein Sterbenswörtchen. Um des grausen Besuches ledig zu werden, ging der Bauer zu seinem Pfarrer. Dieser riet ihm, ein Bild des heiligen Jakobus für die Kirche zu stiften. Das geschah – und seitdem kam der Schäfer nicht wieder. Lange stand das Bild, der „Sünte Jakob", oberhalb der nördlichen Tür in der Kirche, bis es vor vielen Jahren wegen eines Umbaus der Kirche mit anderen Standbildern entfernt wurde und dann lange Zeit auf dem Schulboden Unterschlupf fand.

Der Wolf im Elberger Feld

An einem kühlen Herbstabend ging ein Mann durchs Elberger Feld. Es war einsam ringsum, seine Gedanken eilten ihm schon voraus zu seiner Frau und zu seinen Kindern. Als er sich einmal umsah, merkte er voll Entsetzen, dass ihm ein Wolf hart auf den Fersen war. Seine Beine zitterten vor Schreck und wollten ihm fast den Dienst versagen. Plötzlich merkte er, dass der mit Öl gefüllte Krug, den er bei sich trug, nicht ganz dicht war. Von Zeit zu Zeit fiel ein Tropfen Öl zur Erde, den der hungrige Wolf begierig aufleckte. Ein Hoffnungsschimmer beseelte ihn und seine Lippen flüsterten ein heißes Gebet zu seinem Schutzengel. Wenn der Krug leergelaufen wäre, würde ihn sein Schicksal ereilen. Mit bangem Blick stellte er fest, dass das Öl zu Ende gehen würde, noch ehe das schützende Dach erreicht wäre. Was nun? Die große Angst um sein Leben trieb ihm die Schweißtropfen auf die Stirn, er wusste keinen Ausweg mehr aus dieser harten Bedrängnis. Nun würden zu Haus seine Kinder vergeblich auf die Rückkehr ihres Vaters warten; am nächsten Tag würden sie nur noch spärliche Reste von ihm finden. Schon wollte er sich seinem unvermeidlichen Schicksal ergeben. Da durchzuckte ihn ein Gedanke. Vielleicht konnte der leere Krug seine Rettung sein. Er fasste ihn und warf ihn mit aller Gewalt auf einen am Wege liegenden Findling. Mit hellem Klang zersprang der Krug in tausend Stücke. Der Wolf schrak zusammen – Glockenklang konnte er nicht vertragen. Er vermeinte, beim Zerschellen des Kruges in der Ferne Glocken läuten zu hören. Sogleich wendete er sich um und verließ fluchtartig die Gegend. Der Wandersmann atmete auf, ohne Angst und Schrecken konnte er seinen Weg fortsetzen. Glücklich kam er, den Schrecken noch in seinen Gliedern, bei seiner Familie an. Als er seinen Lieben von der großen Gefahr erzählte, in der er geschwebt hatte, knieten sie alle nieder und verrichteten ein inniges Dankgebet.

Manchmal stellte sich heraus, dass die teuflische Gefahr weit weniger übernatürlicher Art war als angenommen. Das zumindest mussten die Bewohner von Elbergen feststellen, als sie am Anfang des 19. Jahrhunderts einen Teufel erlegen wollten. Lange Zeit erzählte man sich noch die Geschichte vom „Düwel in Elbergen". Pastor Brun aus Wettrup, ehemals Pastor in Elbergen, hat sie aus dem Mund des Listruper Lehrers Thiemann gehört, eines geborenen Elberges, und sie 1925 im „Lingener Volksboten" veröffentlicht.

De Düwel in Elbergen

Et mogg in de twintiger Jaohren (um 1820) wäsen, dao gafft 'ne groote Upregung in Elbergen un Lohne. Schäpers un Torfgrawers vertellden, se söägen in't Moor un in de Heide van Tied to Tied 'n groot schwatt Deer't, baoll ass 'n Hund; man dat hadde 'ne Stemme ass'n Foß, läöt sick even sehn un wass foats weer verschwunnen. Besünners de Löe upp'n Kerkhoff, upp't Heßfort (Herzfort) un an de Nordkante van Elbergen hadden schreckliche Angst vüör dat Deer't. Wekke seggden, et wöär gar kien Hund et mogg wall 'n Düwelken uut de Hölle wäsen. Dat sprock sick ümmer mehr rund un besünners düör de Vertellselkes van't aolde Haot' – dat wass de Wärd an de Elberger Fähre – de nietske öwerdriewen konn un gärne de Löe de Geck anstäken mogg. Wenn he wat vertellde, praotede he ganz sachte und döh ungeheuer wichtig un geheimnisvoll. So vertellde he jeden dee't häören wull, allerlei öwer dat Undeer't in't Elberger un Lohner Feld. So segg he ook ess maol: „Twe Maol hebbe ick sehn, dat se upp dat Undeer't schötten; dat erste Maol woarde d'r'n Kiäl uut, so groot ass'n Goliath, de hadde 'n Dink upp'n Rügge aß'n Schinken und dat tweede Maol 'n Undeer't met dree Köppe un ses Häörns, de wäörn se groot, dat alle Elberger un Lohner Wiewer iähre ganze Wöäske d'r upp drögen konnen." Ook andere Mensken hadden dat Ungeheuer mett'n Blick sehn un et düürde gar nich lange, daor woarde öwerall hier in de Gegend, selws beß nao Westfaolen hen vertellt, in Elbergen höll sick den Düwel in leibhaftige Gestalt upp. Mien Oehm waß daomaols Knecht bie'n Schloßkaplaon Berning uut Elbergen; de Kaplaon schreew eenes Dages, wo dat doch mett den Düwel in Elbergen waß; in Kappenberg un Lünkhuusen vertellden em de Löe de wunderlicksten Geschichten dervan un fraogden em, off he nix dervan hdöört hadde. Use Löe schreewen em, wat se häört hadden; de Kaplaon quamm ook selwst maol in de Heimat, kreeg aober dat Undeer't nich to sehn. Uemmer mehr Grüelgeschichten un Hexenstückskes öwer den Elberger Düwel quäömen upp; kien Mensk wull waogen 's abends off s' nachts, jä kuhm bie Dage van Lohne nao Elbergen off daor nao Lohne te goahn. Uem nao endlick Ruhe in't Land to breggen, läöt de Heer van't Heßfort – daomals Baron von Müller – upp Befehl van 'n Amtshauptmann van Lingen alle driesten Manlöe uut Elbergen, Lohne, Herzfort, Schepsdorf, Wietmarschen, Nordhorn, Engden, Drievorden, Emsbüren, Bernte un Darme upproopen, üm 'ne Driewjagd upp den Düwel to maken. In 'n Uemkreis van veer Stunden ümstellde man de Heide mett kräftige drieste Kiäls, woarvan de meesten Püsters, de andern dicke eekene Knüppels hadden. Et düürde 'n paar Stunden, daor sedd de Düwel in 'n Kättel un man woll de all upp scheeten. Man de Lümmel wuß sick te helpen, he verkroapp sick in de lange Heide. Upp eenmaol quamm he upp'n paar Jungens tao, de blos'n Knüppel hadden, de kreggen't mett de Angst, un weg was he. Man dat Aos scholl d'r an. Man gaff siek van nien an't Driewen un kregg 'ne glücklich in Elbergen upp Dalings Hoff faste. Jüst woll de Lümmel weer entwisken un öwer 'n Tuhn springen – doa quamm Upschulten Annemieke un gaff em 'n düfftigen Schlag mett 'n Kohlstrunk vüör de Blesse, dat he terügge soll. Nu schott Deiterings Harm van Lohne upp dat Undeer't un ett glückede düttmaol: De Düwel waß doad. Alle freueden sick, besünners aß se söägen, dat't kien Düwel, dat't blos'n ganz gemeenen Hund waß, no glöwden se ook nich mehr dran, dat dat Düwelken aß' all vertellt was all Junge kregen hadde.

De Hund hadde Aehnlichkeit mett'n Voß un man glöwde, dat he 'n Bastard van Hund un Voß waß. Baron von Müller löät den daoden Hund an de Vogelstange nägeln, de daomals upp de sogenannten Höwels stonn, dat alle Löe sick öwertügen kunnen, dat't würklich 'n Hund un kien Düwel waß. Un nao 'ne koarte Tied, dao was de Elberger Düwel vergäten.

III

Vom wilden Jäger, Wiedergängern und anderen Spukgestalten

Spukgestalten machen der Sage nach vielerorts im Emsland die einsame nächtliche Reise zum Abenteuer. Meist sind es Verstorbene, die an unheimlichen und geheimnisumwitterten Orten umhergeistern und nicht zur Ruhe kommen können. Sünden und Laster, Hochmut und Gottlosigkeit lassen sie des Nachts durch die Lüfte jagen oder als Wiedergänger über die Felder streifen, auf denen sie zu Lebzeiten unrechtmäßig die Grenzsteine versetzt oder Korn gestohlen haben. Und auch die Stadtbevölkerung ist vor geisterhaften Erscheinungen nicht sicher. In Lingen z. B. erinnern drei Jungfrauen daran, welche Folge es hat, sich leichtfertig von der Kirche abzuwenden. Vor den Toren der Stadt indessen spukt ein anderer bekannter „Untoter": Machurius, ein Raubritter, der auf dem Gebiet der späteren Stadt Lingen gelebt haben soll. Möglicherweise hat diese Sagengestalt sogar ein historisches Vorbild. Chroniken berichten über einen Drosten Michgorius, der die Einwohner von Lingen mit hohen Geldbußen schikaniert haben soll. Ob er aber wirklich mit dem Machurius der Sage in Verbindung gebracht werden kann, bleibt ungewiss.

Machurius von Lingen

Als die erste Morgenröte des Evangeliums über die öden Gegenden der Mittelems aufging, hauste in der Gegend, wo jetzt die Stadt Lingen liegt, ein grausamer Häuptling, den die Sage Machurius oder Michorius nennt. Lange hatten seine Nachbarn seine Untaten geduldig ertragen. Endlich aber wurde es ihnen zu viel und sie verbündeten sich gegen ihn. Zur Nachtzeit überrumpelten sie mit einer Schar leibeigener Knechte die Burg, erschlugen alle Bewohner, die sich ihnen widersetzten und steckten alles in Brand. Die Ausgänge der Burg wurden besetzt, damit Machurius nicht entwischen konnte. Aber man wartete vergeblich; er wurde nirgends gesehen.

Als die Burg in Schutt und Asche zusammenstürzte, hielt man ihn für verbrannt. Die Sieger teilten die Beute und seine Besitzungen unter sich auf, aber keiner wurde seines Besitzes froh.

Kaum war ein halbes Jahr verflossen, so hörte man bald hier, bald dort von neuen Gräueltaten, ganz so, wie sie Machurius vordem bei Nachtzeiten ausgeführt hatte. Und es dauerte nicht lange, da hieß es, dass Machurius wieder sein

Unwesen auf seinen früheren Besitzungen treibe. Diese Macht aber hatte ihm der Teufel zugestanden.

Als er in jener für ihn so verhängnisvollen Nacht sich, vor Wut und Schmerz heulend, in das Innere seiner Burg zurückgezogen hatte und sein Ende herannahen fühlte, da standen ihm auf einmal zwei wundersame Wesen zur Seite: zu seiner Rechten eine liebliche Erscheinung in langem, weißem Gewande, die ihm Ruhe und Frieden in der anderen Welt verhieß, wenn er von Herzen bereue; zur Linken aber eine hagere, hämisch grinsende Gestalt, die ihm Rache an seinen Feinden versprach, wenn er sechs Monate des Jahres sein Eigen sein wolle. „Gibst du mir Gelegenheit zur Rache“, schrie Machurius, „so bin ich dein Eigen und wärest du der Fürst der Finsternis! Tunke nur die Feder in meine Wunde! Ich muss den Vertrag wohl mit Blut unterschreiben.“ „Erraten“, sprach die Gestalt, „doch aus der Wunde darf kein Blut zur Unterschrift genommen werden, weil – doch, was braucht's der Erklärung – ritze nur mit dieser Nadel deine linke Seite und unterzeichne das Papier!“ So geschah es und seufzend verschwand die Gestalt zur Rechten, während der Fürst der Hölle den Sterbenden hohnlachend anblickte und, als der Odem entflohen war, ihn mit seinen Krallen erfasste und durch die Lüfte entführte. So war Machurius denn verflucht, sechs Monate des Jahres dem Teufel zu eigen zu sein, während er die anderen sechs Monate als neckender Geist seiner Rache und Bosheit auf Erden leben konnte. Bald mied jedes menschliche Wesen das Gebiet, wo er geherrscht hatte; aber mancher Wanderer, der zufällig durch diese Gegend kam, musste des Geistes Tücke erfahren.

Jahrhunderte verflossen und öde und verlassen blieb die Gegend, wo der Geist des Machurius hauste. Als das Gebiet an der Ems aber später Eigentum der mächtigen Grafen von Tecklenburg geworden war, da fasste einer der Söhne des regierenden Grafen den Entschluss, sich hier eine Burg zu bauen. Er war aus Palästina zurückgekehrt und sehnte sich nach einem eigenen Herd. Der Prior eines nahen Klosters warnte ihn und gebrauchte dabei den Ausdruck, die Gegend stehe in einer „lingua mala“, sie sei verschrien wegen der Tücke des dort hausenden Geistes. Allein dieses konnte ihn von seinem Vorhaben nicht abbringen. Er sprach: „Ich habe böse Geister in Palästina gebändigt“ und nannte die Burg Lingua mala, woraus allmählich Lingen wurde.

Kaum aber war die Burg fertig, als der Geist sein altes Wesen trieb. Da sich infolgedessen nur wenige Anbauer einfanden, sah sich der Graf schließlich genötigt, Verbrechern und anderem Gesindel hier eine Freistätte zu eröffnen, um Bewohner für die im Schutze der Burg gelegene Stadt zu erhalten. Je mehr Leute aber in der Folge hinzukamen, umso mehr hörte man von den bösen Streichen des Geistes. Da gelobte der Graf, den Geist zu bannen. Dazu fanden sich in kurzer Zeit mehrere bereit und nachdem nun die frommen Mönche die Stiftungsurkunde,

Ein Denkmal lässt den Lingener Stadtgeist Machurius wieder im Straßenbild lebendig werden. Nach mehrfachem Ortswechsel hat die Steinskulptur des Lingener Künstlers Friedel Kunst jetzt in der Nähe des Parkhügels einen neuen Standort gefunden.

vom Grafen unterschrieben und besiegelt, in den Händen hatten, wurde der Tag bestimmt, an welchem der Geist des Machurius gebannt werden sollte.

Am Morgen des erwählten Tages wurde eine feierliche Messe gelesen. Alle Gläubigen der Umgegend vereinigten ihre Gebete mit denen des Priesters, damit das Werk gelingen möge. Dann gingen zwei Mönche von der Regel des heiligen Benediktus zu der Stelle, wo der Geist am liebsten hauste. Sie umzogen den Ort mit einem Kreis heiliger Kreuzeszeichen, riefen den Geist dreimal beim Namen, murmelten die geheimnisvollen Bannworte und zwangen ihn, in einem bereitstehenden Wagen zwischen ihnen Platz zu nehmen. Dann fuhren sie mit ihm zum Lookentor hinaus.

Der Geist gebärdete sich furchtbar im Wagen und übte noch unterwegs seine Tücke am Fuhrmann aus. Denn trotz der Warnung der frommen Väter, sich nicht umzusehen, er möge im Wagen hören, was er wolle, konnte dieser der Versuchung nicht widerstehen. Kaum sah er sich um, da saß ihm der Kopf verkehrt auf dem Rumpf.

Indes fuhr der Wagen zur Ems. Während er in dem Fährschiff übergesetzt wurde, versuchte der Geist noch einmal seine Macht mithilfe des Bösen und drückte so schwer auf das Schiff, dass es jeden Augenblick zu sinken drohte. Jedoch kamen sie glücklich am jenseitigen Ufer an und setzten ihre Reise fort bis tief in den Lohneschen Sand. Hier wurde der Geist aus dem Wagen entlassen und ihm die Freiheit erteilt, sich Lingen jährlich einen Hahnenschritt zu nähern. Außerdem gab man ihm einen durchlöcherten Eimer, mit der Weisung, wenn er ihn mit Wasser gefüllt zur Stadt brächte, so dürfe er dableiben. Jeden aber, der nicht an ihn glaubte und der ihm im Lohneschen Sande entgegenkomme, dürfe er seine alte Tücke fühlen lassen.

Mehrere Jahrhunderte sind seitdem verronnen und der Sage nach hat sich der Geist des Machurius der Stadt Lingen schon bedeutend genähert. Viele Wanderer, die des Nächtens durch jene unwirtlichen Sandwüsten reisen mussten, haben ihn mit dem durchlöcherten Eimer im Wasser plätschern gehört. Und nicht wenige haben in früheren Jahren, als noch keine Landstraße durch die öde Gegend führte, ihren Unglauben an Machurius damit büßen müssen, dass sie auf der Flucht vor ihm ermüdet über Wurzeln und Sträucher fielen und sich zuletzt in dem Labyrinth der vielen Sandhügel verirrten.

Der wilde Joljäger

Im Emsland und im Osnabrückischen lebte noch lange die Erinnerung an den wilden Joljäger. „Ihr seid ja die reinsten Joljäger", pflegte manche Mutter zu ihren Kindern zu sagen, wenn sie in tollem Übermut über Hecken und Zäune tobten und Nachbars Hunde, Katzen und Geflügel in hellen Aufruhr versetzten. Abends wurde dann die Großmutter bestürmt, die Geschichte vom Joljäger zu erzählen. „Aber ganz kurz!“, sagte die Großmutter:

„Es war einmal ein Jäger, der lebte vor vielen, vielen Jahren mit seinen vier Jagdhunden in einer kleinen Waldhütte an der Ems. Seine Hunde rief er Sturm, Regen, Donner und Blitz. Diese Namen hatte er ihnen gegeben, weil die Natur ihm dann am schönsten schien, wenn der Sturm die Wellen der Ems hoch aufpeitschte, wenn der Regen auf das Blätterdach des Waldes trommelte, wenn unter dem Krachen des Donners die verängstigte Natur den Atem anhielt und wenn der lodernde Blitz ihm sein Reich in kurzem Aufleuchten in einer gespenstischen Schönheit zeigte. Ihr dürft nun aber nicht denken, dass dieser wilde Jäger ein gottloser Mann gewesen sei. Er betete täglich zu Gott. Dürfen wir ihn schelten, dass er Gott so liebte, wie er ihn am besten fühlte und verstand? Ihr dürft auch nicht denken, dass der wilde Jäger den ganzen Tag in seinem weiten Revier umherstreifte, um möglichst viele Tiere vor seine Büchse zu bekommen. Nein, er war kein Schießer, er war ein Heger. Er liebte alle Tiere des Waldes, des Moores und der Heide, er liebte die Vögel und die Fische, nur war ihm der Adler lieber als die Taube, das lag in seiner kraftvollen Natur. Sein Gerechtigkeitssinn hinderte ihn aber nicht, seine Lieblinge, die wilden Tiere, die Wölfe, Füchse, Wildkatzen und Bussarde abzuschießen, wenn sie eine zu große Plage für das andere Getier wurden. Er war durch und durch ein Jäger und er konnte sich nicht vorstellen, dass dieses herrliche Leben in Gottes freier Natur einmal zu Ende gehen sollte.

Aber auch der wilde Jäger war nur ein Mensch, er wurde älter und schwächer. Als ihn eine schwere Lungenentzündung eines Tages aufs Bett warf und die alte Kräutermarie, die ihn pflegte, bedenklich den Kopf schüttelte und ihm sagte, dass sie den Pfarrer holen würde, bäumte sich der wilde Jäger gegen sein Schicksal auf und flehte Gott in heißen Gebeten an, ihn doch ewig Jäger bleiben zu lassen. Gott erhörte seine Bitte, aber er strafte ihn auch, dass er nicht aus dem ewigen Stirb und Werde der Natur gelernt hatte und dass er sich nicht bescheiden konnte. Gott machte ihn zum Ruhelosen. Der wilde Jäger wurde der Erde entrückt und in der Luft davongeführt. Hier muss er bis in alle Ewigkeit als ruheloser Jäger jagen. Seine Hunde begleiten ihn auch hier auf seinen Jagdzügen. Den Aufruhr in der Natur liebt der wilde Joljäger auch heute noch und wenn Blitz und Donner über den Himmel stürmen, dann ist der Ruhelose gewiss mit seiner Meute unterwegs und man hört das Schnaufen, das Gekläffe und Gejuchze.

Manchmal darf der ruhelose Joljäger aber doch zur Erde zurückkehren und sich ausruhen von der wilden Jagd. Sehnsüchtig schaut er in der Erntezeit auf die Felder, ob nicht eine vergessene Harke oder Egge die Zinken zum Himmel richtet. Wenn er eine solche gefunden hat, darf er zur Erde herabkommen und sich kurze Zeit auf den Zinken ausruhen. Aber lange darf er seine treue Meute nicht allein lassen, bald geht die wilde Jagd wieder weiter, immerfort bis zum Jüngsten Gericht, bis auch der wilde Jäger endlich seine Ruhe finden wird."

Die drei Jungfrauen

Eine Witwe aus Lingen hatte drei Töchter. So fromm die Mutter war, so weltlich gesonnen waren ihre Kinder. Wenn sie am heiligen Weihnachtsabend frohe Lieder sang, dass Gott den Heiland auf die Erde gesandt, und mit der Schar der Gläubigen zum nächtlichen Gottesdienste eilte, dann lachten die Jungfrauen ob der Einfalt der Mutter, wie sie es nannten. Sie dachten nur an das Essen und Trinken, das ihnen die Festtage boten, und an die neuen Kleider, in denen sie sich zeigen wollten. Oft rügte die Mutter den weltlichen Sinn ihrer Töchter, aber sie erntete nur Spott dafür.

„Ach", sagte da einst die Mutter, „ihr werdet im Grabe noch Sehnsucht haben, wiedergutzumachen, was ihr hier verschuldet habt." – „Oh, dass uns im Grabe diese Sehnsucht befallen würde und wir ihr folgen könnten!", riefen alle einmütig. „Gern verließen wir zuweilen die kalte, traurige Gruft, um die fröhliche Erde zu besuchen!" – „Still, still, Kinder", sprach die fromme Alte. „Gott möge nicht ins Gericht gehen mit euch ob eurer vermessenen Worte!" Sie lachten. Doch es waren kaum zwei Jahre darüber vergangen, da bedeckte alle vier die kalte Erde.

Als nun das nächste Christfest kam und alle Welt fromm und freudig des Heilands gedachte, da kamen in der heiligen Christnacht drei Jungfrauen vom Lingener Kirchhof her, dicht in dunkle Schleier gehüllt, dass niemand sie erkannte. Sie gingen durch das Viehtor in die Stadt, nahmen durch die Kirchstraße den Weg zur Kirche. Dann sah man sie im Gotteshaus in der frommen Menge niederknien und hörte sie in deren Lobgesang einstimmen. Als der Priester den Segen gesprochen hatte, kehrten sie auf demselben Wege zurück und verschwanden wieder auf dem Friedhof.

Seitdem haben jene drei Jungfrauen beim Gottesdienst in der Heiligen Nacht nicht wieder gefehlt. Viele wollen die Geistertöne ihres lieblichen Gesanges deutlich gehört haben. Und jedes Mal sind sie wieder still heimgekehrt in ihre kalte, enge Behausung, in der sie keine Ruhe finden konnten. Aber des Herrn haben sie in der Weihnachtszeit nie wieder vergessen, so wenig sie auch seiner in ihrem Leben gedacht haben.

In jeder Weihnachtsnacht sind der Sage nach drei reumütige Jungfrauen unter den Besuchern der Christmette in Lingen. Das Grabrelief mit der Darstellung eines Engels und „den drei Jungfrauen" stammt vom Alten Friedhof in Lingen.

Der Fluch einer Sterbenden

Dort, wo sich in Lingen einst die evangelische Schule befand, stand vor langer Zeit ein Kloster. Einst klopfte an seine Pforte ein Jüngling, der mit der Welt nicht mehr im Reinen war, und bat um Aufnahme. Der Prior kam seiner Bitte nach, aber erst sollte er das übliche Probejahr ablegen. Während dieser Zeit wies ihn der Prior öfters auf die Bedeutung und Tragweite seines Entschlusses hin und warnte ihn dringend, nicht deshalb der Welt zu entsagen, weil er in ihr Enttäuschungen erfahren habe. Doch der Jüngling beharrte auf seinem Vorsatz und legte nach bestandener Probezeit das Gelübde ab. Der Prior sollte es nicht bereuen, ihn aufgenommen zu haben; er wurde einer der eifrigsten und pflichtgetreuesten Brüder.

Lange Zeit hatte er schon im Dienste Gottes gelebt. Ruhe und Frieden waren in sein Herz eingekehrt. Da verlangte eines Tages eine kranke Frau nach den Sterbesakramenten. Gleich machte er sich auf den Weg nach der Hütte, in der die Sterbende hauste. Elend und verfallen lag sie auf der Erde, doch als der Mönch eintrat, richtete sie sich auf. Die Blicke der beiden begegneten sich und Schrecken und Entsetzen spiegelten sich auf seinem Antlitz, Hass und Rachsucht in ihren Zügen wieder. Mit der letzten Anstrengung ihrer Kräfte rief sie: „Ja, sieh nur her, ich bin es! Dich wollte ich noch einmal vor meinem Tode sehen, um dich zu verfluchen. Jetzt ist mein Wunsch erfüllt. Durch deine Schuld bin ich in Sünde und Elend gefallen, du hast mein Lebensglück zerstört. Mögest du dafür im Grabe keine Ruhe finden, sondern als unruhiger Geist umhergehen und anderen zur Warnung dienen!“ Kaum hatte sie die schrecklichen Worte gesprochen, da sank sie erschöpft zurück. Noch einmal atmete sie schwer auf, dann war sie verschieden.

Halb besinnungslos kehrte der Mönch in seine Zelle zurück. Mit seiner Ruhe war es vorbei, seine Kraft war gebrochen. Er verfiel mit jedem Tag mehr und eines Tages fand man ihn tot auf seinem Lager. Der Fluch aber ging in Erfüllung. Der Mönch fand im Grab keine Ruhe, sondern musste als Spukgeist in den nächtlichen Stunden im Kloster umherwandeln. Auch später, als es das Kloster schon längst nicht mehr gab, will man ihn noch seufzen gehört haben, und dort, wo früher das Kloster stand, hat schon mancher in später Abendstunde von unsichtbarer Hand Backenstreiche erhalten.

Der Geist am Meerkolk

In alten Zeiten lebte in einem Emsdorf, das hinter dem großen Moor liegt, ein Bauer mit Namen Höibernd. Ihm war jedes Mittel recht, um sich zu bereichern. Er hatte sich in seinem Leben viele Ungerechtigkeiten zuschulden kommen lassen, die Grenzsteine am Acker beseitigt und sich viel fremdes Gut unrechtmäßig angeeignet. Als er starb, schied er von dieser Welt, ohne den angerichteten Schaden ersetzt und das unrechte Gut zurückerstattet zu haben. Diese ungesühnte Schuld ließ den Verstorbenen keine Ruhe im Grab finden. Jede Nacht erschien der Geist in dem Bauernhause und begann ein Rumoren und Spektakeln, dass die Angehörigen keinen Schlaf mehr finden konnten. Er wurde dann in den „Meerkolk" verbannt, wo er mit einem Gefäß ohne Boden Wasser schöpfen muss, bis der Kolk leer ist.

Auch in Drope gab es einen Bauern, dem der Sinn nur danach stand, seinen Besitz zu vergrößern, sei es auch auf unrechte Weise. Dort, wo er in einer dunklen Nacht die Grenzsteine versetzt hatte, am Wipkesbusch, muss er bis in alle Ewigkeit seinen Acker pflügen. In Messingen dagegen erzählt man sich von Untoten, die spuken, weil sie zu Lebzeiten unerlaubt „Plaggen" aus der Heide gestochen haben, um sie als Streu oder Dünger zu verwenden.

Wo sie zu Lebzeiten die Grenzsteine versetzt haben, irren habgierige Bauern nach ihrem Tod als Wiedergänger durch die Lüfte. Das Foto zeigt einen Grenzstein auf einem Ackerrain bei Spelle an der Grenze zwischen den früheren Königreichen Hannover und Preußen, 2009.

Waor schal ik den Stäin hensetten?

Jan und Bernd kamen in der Nacht vom Rheder Markt und torkelten Arm in Arm auf Brual zu. Sie hatten wieder mal tüchtig gefeiert. Das war alte Tradition, Rheder Markt war früher ein Tag allererster Ordnung. Sie waren mit Gott und der Welt zufrieden und sangen, wenn man es noch Singen nennen konnte: „O Susanna, wie ist das Leben doch so schön“. Da hörten sie einen schrillen Schrei: „Waor schal ik den Stäin hensetten?“ Das war nun wieder nichts ganz Absonderliches. Gar mancher hörte hier schon zur Nachtzeit die verzweifelte Frage durch die Luft schallen. Doch blieb man normalerweise stehen und rührte sich nicht, bis der Spuk fort war. Aber Bernd hatte sich zu viel Mut angetrunken, er wusste nicht mehr ganz, was er tat, und rief: „Wat wuß du Kerl?“ Jan drückte den Saufkumpan fest an sich und schimpfte: „Holt Mul, häi draiht di ’n Hals üm!“ Doch Bernd brüllte noch lauter: „Wat wuß du Kerl?“

Bumms, stand der Spuk vor ihnen mit dem schweren Grenzstein unterm Arm, und peitschend schnitt sein verzweifelter Schrei in ihre Ohren: „Waor schal ik den Stäin hensetten?“ Da sackte dem besoffenen Bernd doch das Herz in die Hose. Stotternd quälte er die Worte heraus: „Daor, waor häi tauerst staohn hew.“ Blitzartig verzog sich der Geist, raste über die Äcker und haute den Stein in den Boden, dass ihm der Sand um die Ohren flog.

Der Stein stand nun wieder an der Stelle, wohin er gehörte. Ein Mann hatte ihn vor vielen, vielen Jahren aus Gewinnsucht versetzt. Dafür musste er nach seinem Tode spuken gehen, bis die Antwort eines Menschen ihn erlöste. Nun endlich hat er Ruhe.

Das Loch in der Scheune

Gegenüber dem Wohnhaus des Bauern Raming-Uhlenberg an der Straße von Gersten nach Lengerich stand früher eine Scheune. An einem Morgen, als der Bauer in die Scheune kam, sah er ein Loch im Fachwerk. Er beauftragte einen Handwerker, die schadhafte Wand auszubessern. Am anderen Morgen war ein Loch an derselben Stelle und auch nach wiederholtem Abdichten am folgenden Morgen abermals. Es war mit aller Handwerkerkunst nicht möglich, die Öffnung dauerhaft zu verschließen, sodass man das Bemühen schließlich aufgab.

Ein Mann hatte einmal in der Nacht aus der Scheune einen Sack Roggen gestohlen. Zur Strafe musste er in jeder Nacht mit einem gefüllten Sack durch das Loch in die Scheune gehen.

Heute steht die Scheune nicht mehr. Sie wurde vor einigen Jahren abgebrochen. An der Stelle wurde ein Wegkreuz errichtet.

Die Sage von den Spinnerinnen

In Wachtum soll man beim Hause des Beerbten Schlagge und bei Thalen Scheune, die früher an Thalen Weg stand, in stürmischen Nächten das Schnurren eines Spinnrades hören. Die Sage weiß darüber Folgendes zu berichten:

In früheren Zeiten mussten an langen Winterabenden die Männer „trassen“, die Frauen spinnen und die Kinder stricken. Die fertigen Strümpfe, die „Haosen“, wurden für zehn Pfennige verkauft. Es gab nun aber auch geizige Frauen, welche die Sonntage nicht heilig hielten und sie durch knechtliche Arbeiten entehrten. Sie zogen sich in die Hinterstuben zurück, um zu spinnen, auch während des Hochamtes, wenn andere Leute ihrer Sonntagspflicht genügten. In ihrer Habsucht wünschten sie sich vom Teufel ein Spinnrad, das außer Wolle auch Stroh, Heu, ja sogar Heide spann, da diese das ganze Jahr genug vorhanden war. Ihr Wunsch ging in Erfüllung. Sie bekamen ihr Spinnrad, mussten dafür aber dem Höllenfürst ihr Seelenheil verschreiben und ewig spinnen. Daher kommt das Geräusch in dunklen, stürmischen Nächten.

Auch ein paar Orte weiter, auf dem Violinenberg bei Lahn, will man das nächtliche Surren eines Spinnrades schon gehört haben, ebenso wie das Geigenspiel eines Musikanten, der zur Strafe für einen gestohlenen Hochzeitsheller keine Ruhe finden kann. Sie sollen einst so manchen Wanderer vom rechten Weg abgebracht haben.

Sonntägliches Spinnen und Dreschen wurden der Sage nach hart bestraft. Diese Spinnerin sitzt in einem Bauernhaus auf dem Hümmling, um 1930.

IV

Von Hexen und weißen Frauen

Übersinnliche Wesen und Fähigkeiten ziehen die Menschen seit jeher in ihren Bann. Ob schwarze oder weiße Magie, Hexen oder Elfen – oft waren es Frauengestalten, die man mit allerhand Zauber- und Verführungskünsten in Verbindung brachte. Bei der Entstehung der Sagen, die sich um sie ranken, hat die Fantasie der Emsländer sicherlich nicht zuletzt die heimische Landschaft beflügelt: Stieg aus den Wiesen in den Flussniederungen der Nebel auf, dann glaubte man weiße Frauen mit wallenden Haaren im Dunst tanzen zu sehen. Die „witte Wiefkes" sollen unter anderem an der Düwelsbecke am Ahlder Bach und im Spookshook auf den nächtlichen Wanderer gewartet haben, einem Wiesengrundstück, das im äußersten nördlichen Zipfel von Mehringen liegt. An verschiedenen Orten erzählte man sich auch von Hexen und anderen weiblichen Spuk- und Albdruckgeistern, welche die Menschen plagten und oft nur durch eine List oder einen Bann unter Kontrolle zu bringen waren.

Die Elfen am Elsbach

Der Elsbach hat seinen Namen von den Elsen (Erlen), die an seinen Ufern früher üppig emporwuchsen. Der Bach, in der Heide entspringend, nimmt seinen Lauf durch Äcker, Gehölz und Wiesen bis in die Ems. Nicht weit von seiner Mündung wird er durch steilere Ufer begrenzt und teilweise von mächtigen Eichen und Buchen beschattet und wirkt so mit seiner Umgebung eigenartig auf den Wanderer ein. Dort unter den hohen Bäumen tanzten in Mondscheinnächten drei weiß gekleidete Jungfrauen mit fliegendem Haar und mit Kränzen von Wasserrosen auf dem Kopf. Zuweilen tanzten sie auch den Weg entlang bis zu einer großen Buche, unter der in späteren Jahren ein Heiligenbild aufgestellt war. Demjenigen, dem sie begegneten, so sagte der Volksmund, brachten sie Unheil und Tod. Dem war aber erst so, seit man sie mit bösem Auge betrachtete und sie für Verderben bringende Geister hielt. Zuvor waren die Elfen am Elsbach den Menschen freundlich gesinnt. Diese Freundlichkeit erfuhr in uralter Zeit ein Sohn des Emslandes, eine Freundlichkeit, von der eine Sage sich lange im Volksmund erhielt.

Der Eifer, mit dem die Glaubensboten den Samen des Christentums unter den heidnischen Bewohnern des Emslandes ausgestreut hatten, war nicht ohne

Erfolg geblieben; manches christliche Gotteshaus erhob sich an den Ufern der Ems. Ludgerus, der von Karl dem Großen zum Bischof von Mimigardeford, dem späteren Münster, bestimmt worden war, konnte schon mehrere christliche Gemeinden an der mittleren und unteren Ems besuchen und die Gläubigen durch die Verkündigung der Heilswahrheiten und die Spendung der heiligen Sakramente stärken. Bischof Ludgerus fuhr oft über Emsbüren, Meppen und Aschendorf die Ems hinunter in seine Friesengaue. In Emsbüren nahm er dann sein Rastquartier.

Nun geschah es, dass Ludgerus einst eine wichtige Nachricht von Emsbüren nach seinem Bischofssitze Mimigardeford übermitteln musste, wozu er einen zuverlässigen Boten brauchte. Dazu wählte er auf Rat und Vorschlag des Leutepriesters den ältesten Sohn des freien Ago vom Hofe Tom Barwik in der Bauernschaft Ahlewide (Ahlde), der schon in jugendlichen Jahren mit seinen Eltern dem Heidentum abgeschworen und den christlichen Glauben angenommen hatte. Er kannte den großen dichten Maringer Wald, der sich weithin nach Süden entlang der Ems zog. Viele andere Burschen wagten sich nicht allein in den Wald, denn der Rückweg war gegen Abend gefährlich.

Auf Drängen des Leutepriesters hin fand Everhard Tom Barwick sich bereit und machte sich auf den nicht gefahrlosen Weg, ausgerüstet mit Speer, Schwert und Armbrust und versehen mit einem Reisevorrat. Schon hatte er den großen Maringer Wald von Emsbüren aus bis zum Elsbach durchwandert, als die Dämmerung graue Fäden um die Bäume wob und der Tiere geheime Sprache erklang. Es war lebensgefährlich im bruchartigen Waldgelände, wo Wolf und Bär auf Beute lauerten. Da fühlte er eine Müdigkeit in seinem Körper, die ihn zwang, eine Zeitlang unter einer alten knorrigen Eiche, die sich wie vom Alter gebeugt über den Elsbach schob, zu rasten und sich an seinem Mundvorrat zu stärken. Nachdem er sich unter den Schutz des Christengottes gestellt hatte, nahm die Müdigkeit allmählich Oberhand und ermattet schlief er ein. Der Schlaf nahm ihn so in seinen Bann, dass er erst erwachte, als bereits die Nacht hereingebrochen war.

Es war eine schöne, mondhelle Nacht, eine Sommernacht, die denjenigen wohlig stimmen mag, der ein gutes Gewissen hat und sich nicht fürchtet. Das war auch bei Everhard der Fall. Dennoch durchrieselte es ihn, als er nicht weit von seiner Ruhestätte bei der alten Steinbrücke, die über den leise plätschernden Elsbach führte, drei Gestalten sah, wie er sie noch nie zuvor gesehen hatte. Es waren drei Jungfrauen mit lang wallenden, weißen Gewändern bekleidet, die er erblickte. Sie hielten sich umschlungen und schienen über den Erdboden schwebend miteinander zu tanzen. Everhard hatte wohl von Elfen gehört, die einstmals in den Bäumen wohnten, von Wassergeistern, die zur heidnischen

Zeit – und die war noch nicht lange her – aus den Flüssen, Teichen und Seen emportauchten und zumeist Unheil verkündeten. Plötzlich stürmte mit lautem Bellen und Heulen der große schwarze Hund daher, der in nächtlichen Stunden auf dem Weg von Dalfings Hofstätte bis zum Elsbach sein Unwesen trieb und ungemein gefürchtet wurde. Er war den Geisterjungfrauen feindlich gesinnt und schien sie anfallen zu wollen. Ohne zu zögern war Everhard bereit zur Verteidigung der Elfen. Er bekreuzigte sich, ergriff seinen Speer und sprang dem Wolfshund entgegen. Dieser wich zurück, nicht durch den Speer erschreckt, sondern durch das christliche Zeichen gebannt. Die Jungfrauen aber wurden durch dieses Zeichen nicht vertrieben, sondern traten an den Jüngling heran, um ihm ihren Dank auszusprechen: „Du hast uns beschützt und behütet, das wollen wir dir vergelten. Du darfst auf eine glückliche Heimkehr hoffen. Siehe da, den Hügel zu deiner Rechten, auf dem die herrlichen Eichen und Buchen stehen, der wird dein Eigentum werden und das Land ringsum wird dir gehören. Am Elsbach wirst du eine Mühle bauen und das Wasser des Baches soll sie treiben. Und der Barwikhof und dein Geschlecht auf demselben werden Jahrhunderte hindurch blühen und bestehen. Unter der großen Buche dort drüben errichte ein Heiligenbild, damit der Wolfshund nicht mehr zu den Deinigen und bis zum Elsbach rasen kann. Wir werden über dein Eigentum wachen bis in ferne Tage." Die drei Jungfrauen sprachen's und zerflossen vor des Jünglings Augen in Nebelgebilde. Der ergriff seinen Speer und wanderte weiter seines Weges, unterwegs oft noch an die nächtliche Erscheinung denkend.

Mimigardeford erreichte er glücklich, richtete seine Botschaft aus und kehrte dann ohne Gefährdung in seine Heimat zurück. Ludgerus weilte dort noch, empfing ihn freundlich und belohnte ihn mit dem Gelände in Humelingthorpe (Hummeldorf), das dort am Elsbach gelegen war, wo ihm die glückliche Heimkehr verheißen worden war. Dort baute sich der Beschenkte auf einer Anhöhe ein Wohnhaus und gründete also den Hof Barwik. Am Elsbach wurde eine Wassermühle errichtet, die noch lange bestand, und unter der großen Buche wurde eine Klause mit einem Heiligenbild aufgestellt.

Von da an konnte der Wolfshund, wie der Volksmund erzählt, nicht mehr an der Klause vorüberkommen. Zwischen dieser und einem Kreuzbild weiter unten am Weg musste er fortan bleiben. Am Elsbach aber tanzten noch immer in Mondscheinnächten die drei weißen Jungfrauen. Sie spendeten jedoch nicht mehr Segen und wurden sehr gefürchtet.

Der Hof heißt noch bis auf den heutigen Tag der Farwickshof. Söhne anderer Freier folgten dem Beispiel des Everhard Tom Barwik und bauten sich ebenfalls Häuser auf kleinen Hügeln am Elsbach. Die Gemeinschaft der Hügelbewohner bildete Humilitorf, das jetzige Hummeldorf.

Im aufsteigenden Nebel sahen die Menschen einst Elfen und weiße Frauen tanzen.

Der Zickenbusch in Berßen

Bei Berßen liegt der Zickenbusch, ein kleines Gehölz, in dem es nicht ganz geheuer zugeht. Dort haust die Tochter eines Junkers. Sie wurde als Strafe für ihre schweren Vergehen in den Busch verbannt und treibt dort ihr Unwesen.

Einst waren an einem späten Abend junge Leute auf einer Berßener Bauerndiele bei Musik und Tanz versammelt. Der Großknecht des Hauses rühmte sich ungebührlich seines Mutes und seiner Furchtlosigkeit. Man forderte ihn auf, seinen Mut zu beweisen. Er sollte den Spitt, einen Speer, in den Zickenbusch bringen. Der Großknecht nahm die Aufforderung an, erbat sich aber das beste Pferd zu dem waghalsigen Ritt. Es wurde ihm zur Bedingung gemacht, nur über die freien Äcker der Bauern zu reiten, nicht über die Junker-Äcker. Außerdem sollte man ihm die große Dielentür sperrangelweit aufstellen. Der Knecht sattelte und ritt, den Spitt in der Hand, zum Busch. Am Rande des Wäldchens angekommen, schleuderte er den Spitt in den Busch und rief dabei: „Zick, hier bring' ich dir den Spitt! Nun sieh du zu, dass du das Gebrat darauf kriegst!“ Sofort erscholl aus dem Busch eine Stimme: „Wenn der eine Schuh geschnürt wäre wie der andere, dann wärest du das Gebrat daran!“ Aber den einen Schuh hatte er über Kreuz geschnürt, deshalb konnte ihm der Spuk nichts anhaben. Voller Schrecken galoppierte der Knecht auf schnellstem Wege heim. Hinter sich hörte er auf dem ganzen Weg ein unheimliches Geräusch. Kaum vor der offenen Tür angekommen, sauste der Spitt in die Lende des Pferdes, riss ein Stück Fleisch heraus und blieb dann tief im Türpfosten stecken.

Walpurgis im Wippinger Moor

Früher fuhr man von Meppen nach Papenburg mit der Postkutsche und die Fahrt dauerte viele Stunden. Einmal, in einer stürmischen Walpurgisnacht, wurde der Postknecht durch Irrlichter vom rechten Weg abgelenkt und blieb mit dem Wagen im Moor stecken. Es war im Wippinger Moor, als er zur Kluse fahren wollte, der alten Poststation. Auf einmal sahen der Knecht und die Fahrgäste sich von Moorhexen umringt, die auf Besen durch die Luft ritten. Sie feierten Hochzeit und tanzten auf ihren Besen im Mondlicht. Der Kutscher und die Fahrgäste mussten mitfeiern. Sie aßen und tranken und tanzten mit im nächtlichen Hexenreigen, bis sie alle übereinander fielen und liegen blieben.

Als der Hahn krähte und sie erwachten, war der nächtliche Spuk im Moor versunken und von den Hexen nichts mehr zu sehen. Die Postkutsche aber lag mit zerbrochenem Rad am Wegrand.

Auf der Fahrt mit der Postkutsche konnten nächtliche Reisende in heikle Situationen geraten. Im Wippinger Moor lauerten Hexen den Vorüberkommenden auf. Im Bild ist die Postkutsche zu sehen, die bis 1906 zwischen Lingen und Lohne verkehrte.

Hexen

In alten Zeiten lebte auf einem einsamen Bauernhof ein Bauer, der Witwer war. Er hatte viel unter Hexen zu leiden, die sein ganzes Anwesen in Unordnung brachten und beim Vieh und in den Saatfeldern viel Unheil anrichteten. Schließlich ließ er den Schäfer kommen, von dem berichtet wurde, dass er Hexen vertreiben könne.

Der Schäfer kam. Er ging durch das ganze Haus und machte in allen Ecken und Winkeln Kreuzzeichen, wobei er Gebete murmelte. Dann trieb er die Hexen alle miteinander an einer Stelle auf der Diele zusammen. Er bohrte ein Loch in einen großen Holzständer, jagte die Hexen hinein und trieb einen starken Holzpflock in das Loch. Dadurch waren die Hexen gebannt und konnten im Haus kein Unwesen mehr treiben.

Die Walriderske

Einen Knecht in Werlte plagte jede Nacht die Walriderske, eine Art Nachtwandlergeist, der Albdrücken verursacht, und seine Kräfte nahmen täglich mehr und mehr ab. Da riet ihm die Großmagd, er solle, wenn die Walriderske das nächste Mal wiederkomme, sagen: „Ich wünschte, dass du die ganze Nacht auf einem Besenstiel reiten müsstest." Als nun die Walriderske kam, sagte der Knecht aber: „Ei, so wünsche ich, dass du die ganze Nacht auf dem größten Mastbaum in die See reiten müsstest." Und fort war sie. Seit der Zeit aber musste die Großmagd jede Nacht auf einem Mastbaum in die See reiten, denn sie selbst war die Walriderske gewesen.

V

Vom quälenden „zweiten Gesicht“

Spökenkieker nennt man im Emsland Menschen mit dem „zweiten Gesicht“, die angeblich zukünftige Ereignisse vorhersehen können. In ihren Vorgesichtern oder auch Vorgeschichten zeigen sich oft düstere und bedrohliche Motive: Brände und tödliche Unfälle, Leichenzüge und aufgebahrte Tote. Meist scheint das Vorhergesehene einem schicksalhaften Zwang zu unterliegen, denn auch die unwahrscheinlichste Vision kann sich bis ins kleinste Detail erfüllen. Kein Wunder also, dass niemand gern mit dieser Fähigkeit gesegnet ist. Trat ein vorhergesehenes Unglück wirklich ein, spannen sich früher zahllose Geschichten um den Spökenkieker und seine Vision, die man sich in vielen Varianten auch an anderen Orten weitererzählte. In ganz Norddeutschland sind daher sehr viele ähnliche Berichte von Vorgesichtern überliefert, auch wenn der Schauplatz jeweils ein anderer ist.

Eine wissenschaftliche Erklärung für die Visionen gibt es nicht. Parapsychologische Versuche in der ersten Hälfte des 20. Jahrhunderts sollten die Entstehung der Erscheinungen erklären, sie konnten jedoch nicht begründen, warum viele der Vorgesichter in Erfüllung gingen. Der prophetische Charakter des „zweiten Gesichts“ verbleibt somit im Dunkeln und Rätselhaften.

Einige Spökenkiekereien aus dem südlichen Emsland sind in der Chronik der Familie Tegeder aus Gleesen festgehalten. Im nördlichen Emsland hat der Lehrer Hans Wessels gemeinsam mit Schülern einige der Vorgesichter gesammelt. Manche von ihnen sind sogar heute noch in der mündlichen Überlieferung bekannt.

Der Spökenkieker Nögel

Im Tebben Heuerhaus wohnte früher eine Familie Nögel. Der alte Nögel galt als Spökenkieker. Manches, was er vorausgesagt hat, hat sich später nicht erfüllt, ein Gesicht aber umgab etwas Geheimnisvolles:

In Gleesen feiert man im Sommer ein Schützenfest, das der Reihe nach bei den Bauern abgehalten wird. In dem betreffenden Jahr war es bei Kötting. Da kam etwa drei Wochen vor dem Fest Nögel abends zu uns, sprach zunächst von gleichgültigen Dingen, dann sagte er nach einer Weile zum Vater: „Teder, ich woll die wall es alleene sprecken.“ Vater ging mit ihm allein in die Stube. Nach einiger Zeit ging Nögel. Dann sagte Vater meinen Brüdern, und ich hörte es selbst mit

Menschen mit dem „zweiten Gesicht“ sahen oft Brände und andere Unglücke voraus. „Der Spoekenkieker“ ist ein Holzschnitt von Heinrich Everz aus dem Jahre 1926.

an, was Nögel ihm mitgeteilt hatte. Nögel hatte ihn gewarnt vor dem Schützenfest. Er habe abends, als er von Tebben gekommen sei, gesehen, dass man einen Menschen aus Köttings Haus herausgetragen habe. Er glaube, dass dort ein Unglück geschehen werde. Meinen Bruder Heinrich habe er erkannt und es habe so geschienen, als wenn der getragen werde. Das Schützenfest stand vor der Tür, es wurde bei Kötting abgehalten, so lag der Gedanke nahe, dass dort etwas passieren könnte, man dachte an eine Schlägerei. Vater warnte meine Brüder ernstlich, doch nicht zu viel zu trinken, damit sie einen klaren Kopf behielten. Unter der Hand war das Gesicht unter den jungen Leuten bekannt geworden und sie versprachen sich gegenseitig, dafür zu sorgen, dass kein Streit entstehe. Sie wollten Nögel mit seiner Spökenkiekerei blamieren. Das Schützenfest kam und schönste Eintracht herrschte den ganzen Tag über. Da wollte mein Bruder Heinrich, weil die Mädchen nicht da waren, mit Heinrich Schnelling tanzen. Sie kamen aber vor dem Kuhstall zu Fall und Schnelling brach ein Bein. Andere sprangen hinzu und als der erste Schreck überwunden war, trug man Heinrich Schnelling mit vier Mann nach Hause. Weil Heinrich ihn beim Tanzen umfasst hatte, blieb er auch am Kopfende. Als Nögel sie aus dem Hause kommen sah, sagte er: „So habe ich es gesehen." Tatsächlich konnte er sich in der Person des Getragenen geirrt haben, weil Augenzeugen erklärten, mein Bruder Heinrich, der recht groß ist, sei sehr gebückt gegangen und habe das Gesicht zum Weg hingewendet. Wohl selten ist ein „zweites Gesicht" vorher so allgemein bekannt gewesen und sein Auskommen ein so unumstößlicher Beweis für das wirkliche Vorkommen solcher Gesichte. Die beteiligten Personen leben noch und wenn man mit ihnen von dieser Begebenheit spricht, sagen sie ohne Ausnahme: „Dat hew Nögel würklich sain."

Ein unheimliches Vaterunser

Als nach der Markenteilung Tebbens Heuermann, Hermann Meemann, auf dem Mühlenfelde nahe dem Mühlenberg Erde aushob, um eine Wiese anzulegen, setzte er sich müde an das Ufer. Da hört er plötzlich Angstschreie und dann lautes Vaterunserbeten, das viele Leute beantworteten. Ich erinnere mich noch, dass Vater beim Kanal- und Schleusenbau sagte, nun könne es noch wohl auskommen, was der alte „Mehmen Härm" immer erzählt habe.

Die Schleusen wurden fertig, aber es passierte nichts. Da war man eines Tages mit dem Verladen von Eisenrohren beschäftigt. Das Boot schlug um und zwei Brüder Kramer aus Bramsche kamen darunter und ertranken. Zur Beerdigung wurden sie von der Schleuse abgeholt. Man zog unter lautem Rosenkranzgebet am Mühlenberg vorbei zum Kirchhof.

Das Mädchen mit dem kleinen Gesicht

Mehrere Männer saßen in der Küche bei Klasemann in Brümsel beim Kartenspielen. Ein Mädchen – die Tochter oder die Magd – kam herein und sagte, auf der Diele stehe ein Sarg mit einem toten Mädchen mit einem ganz kleinen Gesicht. Die Männer sahen nach, fanden aber nichts. Kurz darauf bekam das Mädchen ein Geschwür im Gesicht und starb daran. Ihr Gesicht wurde zur Aufbahrung zusammengebunden, um die Verunstaltung zu kaschieren und der Kopf war dadurch ganz klein. Das Mädchen hatte also seinen eigenen Tod vorausgesehen.

Die Leiche auf der Diele

Ein reicher Bauer in Rhede hatte mehrere Knechte. Der jüngste von ihnen kam eines Abends spät nach Hause und sah auf der Diele eine Leiche aufgebahrt. Er erzählte es am anderen Morgen seinen Kameraden, die nichts bemerkt hatten. Die meinten, er solle bei nächster Gelegenheit dem Toten etwas Haar abschneiden. Das tat er dann auch, als er zum zweiten Mal die Leiche sah. Am anderen Morgen beim Frühstück lachten die anderen Dienstboten über ihn, weil in seinem Haar ein Stück fehlte. Jetzt wurde er sehr traurig, hatte er doch anscheinend sich selbst in seinem Vorgesicht gesehen. Er wanderte bald nach Amerika aus, vielleicht konnte er ja so seinem Schicksal entfliehen. Dort hatte er Glück und wurde ein wohlhabender Mann. Aber es zog ihn nach der Heimat und das umso stärker, je älter er wurde. Er reiste nach Deutschland, kam nach Rhede zu dem Haus, in dem er als Knecht gedient hatte. Vor der Haustür fiel er tot um und wurde auf der Diele aufgebahrt.

Der Brand der Kirchenmühle in Rhede

Mein Urgroßvater hatte geheimnisvolle Gesichte. Eines Abends konnte er nicht schlafen und ging nach draußen. Da sah er, wie die Kirchenmühle brannte. Es schien, als wollten die Mühlenflügel zur Wegeseite herunterfallen. Da machten sie plötzlich eine Schwenkung und stürzten an der entgegengesetzten Seite zu Boden.

Später brannte die Mühle wirklich. Als die Leute schrien: „Zurück! Die Flügel fallen euch auf den Kopf!“, sagte der Urgroßvater ganz ruhig: „Nicht nötig, die Flügel kommen an der anderen Seite herunter.“ Und er hat Recht behalten.

Das schwebende Licht

Vor langer, langer Zeit trug sich etwas Besonderes bei unserem Hause zu. Mein Urgroßvater sah an verschiedenen Abenden in Richtung von Rhede nach Brual ein Licht auf sein Haus zukommen. Es schwebte etwa einen Meter über dem Boden. In der Mitte des Fußpfades blieb es stehen und machte denselben Weg wieder zurück, dem Dorfe zu.

Es war 30 bis 40 Jahre später. Wieder dieselbe Erscheinung wie früher, aber jetzt Wirklichkeit: Eine Frau mit einer Laterne in der Hand kam denselben Weg, um ihren Vater zu suchen, der am späten Abend noch nicht von der Arbeit zurückgekehrt war. Vielleicht hundert Meter von unserem Hause entfernt fand sie die Leiche ihres Vaters, der an einem Herzschlag gestorben war. Ganz erschrocken einen Angstschrei ausstoßend, lief sie denselben Weg zurück mit der Laterne in der Hand, um Hilfe zu holen. Nach einer Viertelstunde kam das Licht noch einmal wieder und von da an nie mehr. Da sagte Großvater zu meiner Mutter: „Das Licht hat mein Vater gesehen, als ich Kind war, und oft davon gesprochen."

Die ertrunkenen Eisläufer

Opa Hermes bringt eines Abends die Pferde zum Rheder Flaar, weißer Nebel liegt auf den Wiesen. Die Sicht ist schlecht. Trotzdem wandern seine Augen in die Runde. Der Alte muss ein Naturfreund sein oder ihn plagt die Neugier.

Da hat er etwas entdeckt. In der Wiese dort bewegt sich etwas. Ja, das müssen Menschen sein. Was mögen sie dort wollen? Opa bindet die Pferde an das Heck und spaziert die Wiese hinauf. Bald wird das Bild klarer. Ein Wagen steht dort. Menschen scheinen etwas aus dem Eis zu ziehen. Merkwürdig, es ist Herbst und hat nicht gefroren. Doch zwei Menschen, Tote scheinbar, tragen sie zum Wagen und fahren damit nach Rhede. Hermes fragt den jungen Burschen, der dort steht, ohne irgendwie zu helfen, wer dort ertrunken sei, bekommt aber keine Antwort.

Ein Jahr und wenige Monate später: Der Winter führt strenges Regiment. Schlittschuhläufer fahren zwischen Rhede und Borsum hin und her. Ein Mann und eine Frau brechen ein und ertrinken bei der Spukwiese. Der Wagen bringt sie nach Rhede.

Titelblatt des Buches „Das ‚zweite Gesicht‘ in Niederdeutschland“ von Karl Schmeïng, 1937. Schmeïng versuchte, das Phänomen des „zweiten Gesichts“ wissenschaftlich zu erfassen.

VI

Von harter Arbeit und habgierigen Gefährten – Hollandgängersagen

Aus der Grafschaft Lingen und den umliegenden Gebieten zogen früher alljährlich Tausende von Heuerleuten und Bauernsöhnen den Sommer über zum Grasmähen und Torfstechen nach Holland. Sie reisten meistens in Gruppen, weil sie Überfälle durch Straßenräuber und Banden fürchteten. Ihre Erlebnisse waren ein beliebter Erzählstoff bei den Daheimgebliebenen. Überliefert sind heute noch mehrere Sagen über Mordtaten von und an Hollandgängern. Am bekanntesten wurde dabei der in unterschiedlichen Fassungen überlieferte Raubmord, den der Heuermann Knapp Gerd auf der Rückreise in der Nähe von Thuine an einem Kameraden beging. Die Tat wurde rasch aufgeklärt und Knapp Gerd 1825 auf dem Gierenberg in Laxten öffentlich enthauptet. Die Mordtat des Knapp Gerd wurde so bekannt, dass man an seiner Hinrichtungsstätte im Lingener Wald später sogar ein Denkmal errichtete. Zahlreiche Gerichtsakten bezeugen die historischen Hintergründe des Kriminalfalls und erlauben detaillierte Einblicke in die Lebensumstände des Hollandgängers Knapp Gerd, der mit wirklichem Namen Gerhard Bernhard Kruis hieß und in Suttrup lebte. Der Ermordete war Gerd Heinrich Langeborg aus Andervenne.

Knapp Gerd

Schnurgerade zieht sich die alte Heerstraße westwärts der Ems durch die Lohner Heide. Schlanke Birken mit weiß glänzender Rinde und frischem Blättergrün stehen zu beiden Seiten in endlosen Reihen. Ringsum einsame Heideflächen, die am fernen Horizont mit den Wolken verschwimmen. Jenseits der Ems ist der Frühling schon mit roten, gelben und blauen Blumen ins Land gezogen. Doch die weite Heide schläft noch. Durch ihre Einsamkeit wandern um diese Zeit täglich Tausende von Männern. Ihr Weg geht gen Westen nach den Niederlanden. Im letzten Winter sind sie zur Arbeit im fremden Lande angeworben worden. Auf Wochen und Monate verlassen sie nun die heimatliche Hütte im Tecklenburger, Lingener oder Oldenburger Lande. Schweigsam ziehen die Männer der Arbeit entgegen. Im Rucksack tragen sie Speck und Mehl, auf der Schulter Sense und Spaten. Die dampfende Pfeife im Munde und die „Schluckflasche" im blauen Leinenkittel, so schreiten sie rüstig vorwärts: die Hollandgänger.

Tausende Emsländer machten sich jedes Jahr auf, um in Holland ihr Geld zu verdienen. Die Grafik von L. Preller von etwa 1860 trägt den Titel „Auszug der Hollandgänger“.

Es war im Hochsommer des Jahres 1824. Der alte Hollandgänger Herm Diekjan steckte die sauer erworbenen Gulden in die Tasche und warf Spaten und Sense über die Schulter. Noch einmal schweifte sein Blick über die schaurigen Moore und ein leises Lächeln huschte über sein Gesicht. Dreißig Jahre hatte er sich nun die Pacht für Haus und Hof in Holland erworben. Das waren harte Jahre, wenn der Baas für die Rute nur 12 Stüwer (96 Pfennige) zahlte. Dann war daheim die Freude nicht groß, wenn er nur 80 Gulden mit heimbrachte. Wie würden sie aber heute lachen, wenn er 100 blanke Gulden, 170 Mark, auf den Tisch legen konnte! Fünf Kinder hatte der Herm durch seiner Hände Arbeit großgezogen. Das ganze Leben war ihm Arbeit gewesen und er hatte es schön gefunden. Im nächsten Frühling sollte sein Ältester hinausziehen, dann sah er bald ruhigere Zeiten kommen. Knapp Gerd gesellte sich ihm zu und beide traten den Heimweg an. Sonnenverbrannt, gebeugt von der harten Arbeit, schritten sie durch die unendliche Einsamkeit. Nichts regte sich. Drückende Hitze lag über Moor und Heide. Diekjans Herm wischte sich mit der alten rissigen Faust den Schweiß von der Stirn. „Kumm an, Herm, wi wilt us ers enen drinkn, ’t is wat warm!“ Sie kehrten in das niedrige Wirtshaus ein und Gerd bestellte. Der Wirt brachte „de halben Orts“ und immer wieder ließ Gerd die Gläser füllen und sorgte dafür, dass Herm nie vor dem leeren Becher saß. Der Schnaps tat seine Wirkung. Gerd bezahlte die Zeche. Als die Dunkelheit über Heide und Moor herabsank, brachen beide auf, Gerd führte

Erste Seite der Gerichtsakte über den Raubmord von „Knapp Gerd" an einem Gefährten.

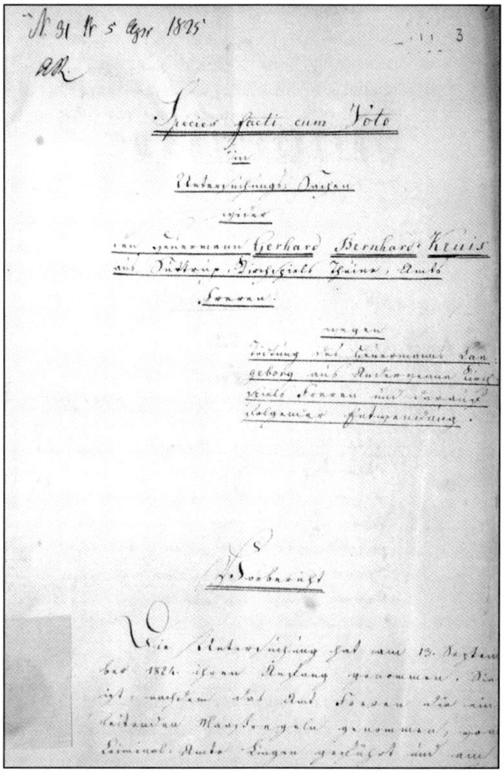
Species facti cum Voto

Gerhard Bernhard Kruis

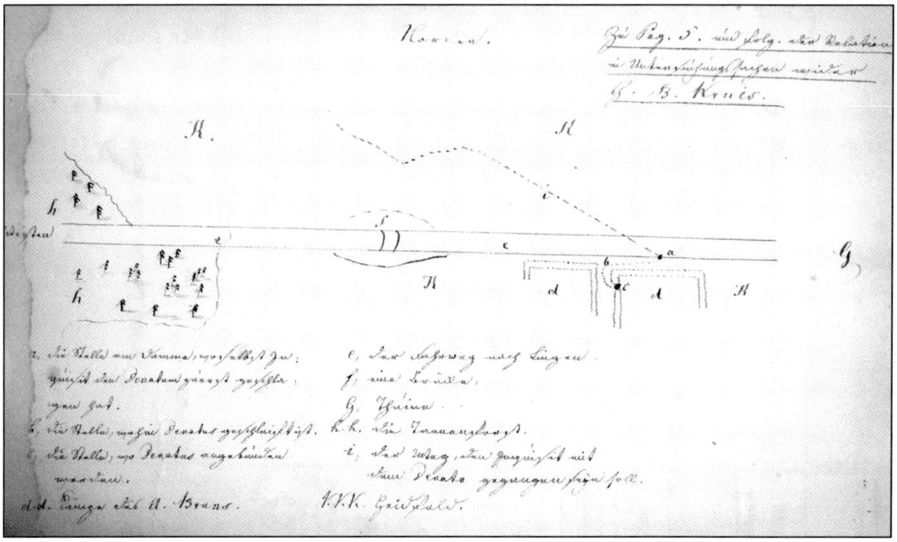

Tatortskizze aus der Gerichtsakte über den Raubmord von „Knapp Gerd" an einem Gefährten.

den Herrn. Doch da, wo die Heide so einsam ist, wo in später Abendstunde keine Menschenseele wandert, da zog Gerd sein Messer, um den Bewusstlosen zu töten. Da nahm Gerd die klingenden Gulden des Nächsten und verschwand in Nacht und Nebel. In das kleine Heuerhaus jenseits der Ems trug man am anderen Abend einen toten Hollandgänger.

Unweit der Stadt Lingen liegt einsam zwischen Heide und Sand ein verwehtes Grab unter Kieselgestein. Die kleine Anhöhe, einst eine Richtstätte, heißt Galgenberg. Der Hollandgänger Knapp Gerd fand hier seinen Tod.

Eine ähnliche Mordtat ist aus Salzbergen überliefert. Sie ereignete sich im November 1833 auf der Rückreise aus Holland in der Nähe von Frenswegen. Der Mörder stammte von einem Bauernhof in Steide, der Ermordete wohnte in Emsbüren. Auch dieser Fall endete 1835 mit der Enthauptung des Täters.

Die Klaoshast

Nördlich von Wettrup, im früheren Bruch, erkennt man heute noch die „Hasten“, einige kleine Waldstücke mit alten Eichen und baumhohen Hülskrabbenbüschen (Ilex). Eine solche „Hast“, die sogenannte Klaoshast, bildet den Schauplatz einer alten Hollandgängersage aus Wettrup:

Zum Grasmähen nach Holland ging ein junger Bursche, schmuck und keck. Er wusste eine reiche Holländerin zu beschwätzen, wusste sie zu überzeugen, dass er daheim in Wettrup der Erbe eines großen Hofes sei. Sie folgte ihm. Als sie besagtem Dorf bis auf eine Stunde nahe gekommen waren, verlangte die Dame schon Haus und Hof zu erblicken. Der Schlimme wies, statt auf seinen netten, aber kleinen Hof, auf den stattlichen Eichenbestand von Sander und Bar. Doch schauderte ihm jetzt vor dem Ausgang seiner üblen Schwindelei und kurz entschlossen fasste er den Plan, die Getäuschte zu beseitigen. Mit einem Dolch stach er auf sie ein. Die Frau jedoch entwand ihm das Messer und warf es fort. Dann aber kam plötzlich ein kleines, schwarzes Hündchen dahergelaufen, vielleicht der Teufel selbst. Es trug dem Mann das Messer wieder zu und so vollbrachte er seine Gräueltat endgültig. Die Brüder der Ermordeten forschten später ihrem Verbleib nach und versuchten, den Mörder in ihre Hände zu bekommen. Dieser aber entwich und blieb verschollen. Weil er aus dem Hause Klaos war, bekam fortan dieses Gebüsch den Namen Klaoshast.

VII

Von Mördern, Richtern und Henkern

Verbrechen, Recht und Gerechtigkeit lieferten auch im Emsland den Stoff für viele Erzählungen. Neben Sagen über Grenzstreitigkeiten sind es vor allem Mordtaten und ihre Schauplätze, die über Generationen im Gedächtnis der Bevölkerung haften blieben. Sagenumwoben sind aber auch häufig die Richtstätten und die Rechtsprechung selbst, wurde das Urteil doch für gewöhnlich öffentlich und unter den Augen zahlreicher Schaulustiger verkündet und vollstreckt.

Auf Raub, Mord und Totschlag weisen auch heute noch viele alte steinerne Kreuze hin, die man an Straßen und Wegen des Emslandes sieht. Die meisten von ihnen stammen aus dem Mittelalter. Damals mussten Mörder sich vor Gericht in sogenannten Sühneverträgen verpflichten, ihre Schuld durch fromme Taten wiedergutzumachen. Häufig gehörte dazu auch das Errichten eines Sühnekreuzes am Ort des Verbrechens. Die Familie des Opfers erhielt eine Geldzahlung, am Kreuz aber sollte für das Seelenheil des Verstorbenen gebetet werden. Obwohl das Wissen um die Entstehung der einzelnen Kreuzsteine im Laufe der Jahrhunderte nahezu verschwunden ist, hat sich dennoch die Ahnung eines Zusammenhangs zwischen den Kreuzsteinen und einem plötzlichen, gewaltsamen Tod erhalten, die sich in den Sagen widerspiegelt, welche sich um die Kreuzsteine ranken.

Bisweilen gelang es dem Täter der Sage nach, auf eine „Freistätte" zu flüchten, wo er auf Jahr und Tag vor Verfolgung sicher war. Solche sagenhaften Asylorte kennt die Überlieferung auf der Burg Lengerich, auf Gut Venhaus oder auf Gut Spiek. Das Motiv dieser „Freistätten" geht offenbar auf die Adelsgüter mit eigener Gerichtsbarkeit zurück. Letztlich trägt jedoch fast immer die „sagenhafte" Gerechtigkeit den Sieg davon. Wird ein Verbrechen auch nicht gleich geahndet, so kann sich kein Mörder oder Räuber auf Dauer seiner gerechten Strafe entziehen.

Dat kruse Böömken auf dem Sunderhügel

Wer in alten Zeiten von Westfalen über Salzbergen und Emsbüren zu den Vieh- und Wollmärkten oder zur Hochschule nach Lingen emsabwärts auf schmalen Pfaden zwischen Moor- und Grasbrüchen wanderte, der hatte nichts als den unendlichen Himmel über sich und das tafelförmige Heideland vor sich. Weder Busch noch Strauch erleichterten ihm sein Ringen mit dem Raum. Ungefähr auf der Mitte der langen Strecke griff auf dem Sunderhügel eine vielhundertjährige Eiche mit krausem Astwerk in Wind und Wolken und wies dem Wanderer mit zerbrochenen Armen die Wegrichtung. Alle Schäfer und Bauern, die auf der Heide liefen und auf den Bodenerhebungen ringsum saßen, kannten sie von frühster Kindheit her und seit undenklichen Zeiten hieß sie bei Jung und Alt „de kruse Eike“ oder auch wohl „dat kruse Böömken“.

In der Krone juchhute nachts die Mooreule, am Stamm verspeiste Meister Reineke seine Opfer und unter dem Wurzelwerk, das sich weitausladend in den braunroten Sand krallte, barg der Teufel seine Schätze. Keiner hatte ihn je gesehen, aber eine alte Sage behauptete es so und jeder glaubte es. Wenn in schwülen Sommernächten die Grummeltürme aufstiegen oder im Osten das Licht aufging, dann blickte der Teufel mit seinen giftgrünen Bolzenaugen aus dem Wurzelwerk des „krusen Böömkens“ scheu um sich, ob etwa Wanderer vorbeikämen, und ließ aus der Krone geheimnisvolles Licht aufleuchten. Nach solchen Nächten hieß es auf den Höfen: „Bei der krusen Eike brannte das Licht wieder!“ Wenn die Alten dies sagten, bekamen die Kinder große Augen und die Mannsleute sahen mit innerer Erregung ganze Bülte von Gold und Gulden vor sich, denn der Teufel, so erzählte man, schöbe in solchen Nächten all sein Gold an die Oberfläche und zähle am Heidehang Gulden und immer wieder Gulden. Die „Heupierdkes“ tanzten unterdes Ringelreihen um den Geizkragen bis zum Morgen, wenn mit dem ersten Licht Spuk und Spiel wieder verschwunden waren. Schon manchen hatte man nicht wiedergesehen, der in der Gier nach dem Teufelsgold dem Irrlicht nachgegangen war.

Eines mürrischen Sonntags nun wanderten drei wilde Studenten über Rheine und Salzbergen nach Lingen zur dortigen Universität. Der eine trug rotes Haar, der andere braunes und der dritte schwarzes. Sie sangen ein freches Lied über die rote Heide, dass sich selbst Tütwelp und Lerche schämten. Als jedoch der Teufel die Verse hörte, kicherte er in sich hinein und warf eine Braupfanne voll Gold nach oben. Als der Rote, der Braune und der Schwarze herbeikamen, glänzten ihre Augen und sie griffen mit Gierfingern nach den vielen Stücken. Dann legten sie sich ins Heidekraut am Stamm des krusen Böömkens.

Der Rote sprach: „Rot ist das Gold, rot ist der Branntwein. Wir haben’s ja, da mag der Henker mit trockener Kehle dasitzen. Lasst uns Branntwein, Branntwein holen!“ Da lief der Braune schon durch Brahm und Ried, an dem goldknöpfigen Rainfarn vor den Emsbürenern Stoppelfeldern entlang, zur nahen Brennerei in Emsbüren. Der Rote und der Schwarze hüteten unterdes das Gold. Ein Rabe kreiste über ihren Häuptern und sah nach den Galgengesichtern. Der Rote jubelte: „Schwarz ist der Rabe, schwarz ist das Grab! Wir hängen den Braunen an die Eiche, dann kann jeder die Halfscheid kriegen!“ Als sie den Plan zu Ende berieten, kam der Braune zurück. Er sah am Wall einen giftigen Fliegenpilz stehen und dachte: „Rot ist der Branntwein, rot ist das Gift! Sauft ihr beide davon, so werdet ihr bald die Augen verdrehen und alles Gold ist dann mein." Er tat das Gift in die Flasche und ging weiter. Aber als er ankam, griffen ihn der Rote und der Schwarze und bald lag er tot unter dem Sand. Sie tranken dann hitzig das rötliche Nass und sanken schläfrig zu Boden. Als die Nacht mit ihren Grauen und Irrlichtern über die Heide stieg und aus den Grummeltürmen feurige Schlangen grollten, hob der Teufel die Bolzenaugen aus dem Wurzelwerk des krusen Böömkens und holte das Gold und die goldgierigen Bachanten in sein Reich.

Der rote Fleck an der Ems

Beim Emsbrückenbau in Salzbergen musste 1865 die einzige Eiche, die am Ufer stand, gefällt werden, um für die Brücke Raum zu schaffen. Viel früher hatte an dieser Stelle ein Weidenbusch gestanden. Die Passanten der Emsfähre ruhten oft in seinem Schatten aus. An einem heißen Sommertag lagerten auf der einen Seite des Busches zwei junge Männer, auf der anderen hatte sich ein Handelsmann niedergelassen. Dieser fing an, sein Geld zu zählen und mit ihm zu klimpern. Die jungen Leute auf der anderen Buschseite wurden von Habgier gepackt, erschlugen den Kaufmann, nahmen sein Geld, warfen seine Packen in die Ems und verscharrten den Leichnam unter dem Weidengebüsch. Als die Mörder den Mann umbrachten und dieser mit zum Himmel erhobenen Händen um sein Leben flehte, erhob sich eine Kette von Wildenten aus dem Emsröhricht und flog schreiend über den Weidenbusch hinweg. Sterbend hörte der Unglückliche das Geräusch und die Schreie und rief, seine Hand zum Himmel erhebend, die Tiere zu Zeugen der Tat an.

Der Mord blieb unentdeckt. An der Stelle, wo er geschehen war, wuchs jedoch seit der Zeit ein blutrotes Pflänzchen mit dunkelroten Blüten, das man sonst am blumenreichen Emsufer noch nicht gesehen hatte. Allgemein nannte man diese Stelle nur den „Roten Fleck". Wenn die Kinder des Emsfährmanns gegen Abend die Pferde aus der Emsweide holten, mussten sie die Tiere mit Gewalt an der Stelle vorbeitreiben. Die Pferde wieherten, bäumten sich auf und stampften, als wüssten sie, dass an dieser Stelle eine Untat vollbracht worden war.

Der eine Mörder war inzwischen verheiratet, der andere war Knecht geblieben; beide waren alt und grau geworden. Bei den Bauern und Bürgern waren sie als brave, ordentliche Menschen geachtet. An einem Sonntagnachmittag ging der eine mit seiner Frau das Emsufer entlang, wobei sie unversehens in die Nähe des „Roten Flecks" kamen. Zur selben Zeit kam der Knecht, um ein Pferd von der Weide zu holen. Beide trafen sich am „Roten Fleck". Da kamen auf einmal Wildenten über sie hinweggeflogen und ließen sich auf dem Wasser nieder. Auf dem

Der Schäfer gehört zu den immer wiederkehrenden Personen der emsländischen Sagen. Das Bild zeigt einen Schäfer mit seiner Herde in der Wachendorfer Heide, um 1930.

Rückweg trafen sich die drei nochmals am Busch. Jetzt kamen die Wildenten schreiend hoch und überflogen den „Roten Fleck" zum zweiten Mal. Bleich und zitternd standen die beiden Männer da. Die Frau aber war höchst erstaunt über ihr Benehmen. Ihr Mann wich geschickt all ihren Fragen aus, aber seit jenem Abend ging er still und schwermütig umher und mied jede Gesellschaft.

Die um die Gesundheit ihres Mannes besorgte Frau klagte dann einer Nachbarin ihr Leid, wobei sie alles erzählte, was sie gesehen hatte. Der Nachbarin jedoch kamen gleich böse Vermutungen. Sie erzählte alles ihrem Mann, der nun sogleich zum Bauernvogt ging. Als man in der Nähe des Busches nachgrub, fand man das Gerippe des Ermordeten. Von Gewissensbissen geplagt, gestanden die beiden Männer ihr Verbrechen, das sie vierzig Jahre zuvor begangen hatten. Auf dem Sunderhügel in Emsbüren sühnten sie ihre Schuld. Zum Gedächtnis aber pflanzte man jene Eiche, die beim Brückenbau verschwinden musste. So hatten, wie einst die Kraniche des Ibykus, hier Wildenten den Mord an den Tag gebracht.

Der Junker von der Goseborg

Einst lebte der Junker von der Goseborg in bitterer Feindschaft mit seinem Nachbarn, dem Herrn vom Gut Klein-Landegge. Sie konnten einander nicht sehen, nicht leiden und mieden sich sogar beim Kirchgang.

Die St.-Laurentius-Kapelle in Landegge. Hier sollen sich der Junker von der Goseborg und der Herr von Klein-Landegge einst ein tödliches Duell geliefert haben.

Der Junker von der Goseborg ging zum Gottesdienst in die nahegelegene Burgkapelle von Landegge und der Herr von Lüning auf Klein-Landegge fuhr grollenden Herzens den weiten Weg zum Gotteshaus nach Haren. Eines Sonntags war die Kirchfahrt nach Haren wegen des Hochwassers der Ems nicht möglich und der Kutscher bekam den Befehl zur Umkehr. Sie fuhren bei der Burgkapelle vor, doch da wollte es das Verhängnis, dass die beiden Junker sich gerade vor dem Eingang zur Kapelle trafen. Voller Hass griff jeder zum Degen. Sie kreuzten die Klingen, ein Stoß – und mit einem Aufschrei sank von Lüning tot zu Boden.

Die Galgenleiter auf dem Sunderhügel

Über den Sunderhügel bei Ahlde zogen an einem mürrischen Wintermorgen zwei Schäfer mit ihren Herden. Der rote, mit dem hölzernen Essnapf an der Seite, hieß Jan, und der andere, der das rechte Bein nachzog, Harm. Jan und Harm waren treue Gefährten in Not und Leid seit Jahr und Tag.

Die Spatzen schimpften heute frech an den Roggendiemen im Ahlder Esch, der Kornkammer Westfalens, herab, und die Frühsonne leuchtete rot durch die Kiefernkronen. Die Schäfer sahen und hörten nichts davon. Sie grüßten einander nicht, auch gingen sie nicht rauchend und plaudernd nebeneinander, wie das sonst ihre Art war. Vielmehr machte sich Jan heute am Ende des wimmelnden Zuges zu schaffen und Harm hielt sich in der Mitte bei den Hunden auf. Oben auf dem Hügel, neben dem grauen Schafstall, gerieten Jan und Harm aneinander. Erst gab es laute und heftige Worte, dann krampften sie ihre Finger zornig um die Schüppenstiele und dann sah die Heide einen keuchenden Zweikampf.

Warum diese alten Freunde so tätlich miteinander haderten? Man weiß es nicht. Jan lag nach einigen Minuten tot neben dem Schafstall und Harm kam nach einer Stunde verstört und mit Tränen in den Augen in die Bauernschaft, meldete die Untat und beteuerte, dass er allein schuldig sei.

Auf dem Galgenesch in Bernte an der Straße Emsbüren–Lingen, den die Karte heute noch mit diesem Namen bezeichnet, stand die Leiter neben dem Gerüst. Sie war aus rohen Kiefernstämmchen rasch zusammengefügt worden. Niemand hatte für den traurigen Zweck seine gute Hausleiter herleihen wollen. Stumm und gefasst stieg Harm empor. Als die Hummeln abends in ihre Erdlöcher krochen, schlummerte Harm bereits in der Nachbarschaft unter einem Ginsterbusch.

Der Fürstbischof befahl nun, die Leiter an dem Hause, in dem Harm gedient hatte, für alle Leute sichtbar aufzubewahren, damit sie die Ahlder, Salzbergener und Emsbürener Bauern stets daran erinnere, dass Hass, Neid und andere böse Regungen des Herzens letzten Endes auf die Galgenleiter und zu einem grausamen Ende führen. Aber der Schrecken saß noch in allen Menschen und Häusern und der Bauer flehte inständig, ihm doch das zu erlassen. Frau, Kinder und Gesinde fürchteten sich so sehr und ihnen stünde immer der unglückliche Harm vor Augen. Der Landesherr jedoch hielt die Maßnahme für richtig und versprach sich von ihr eine gute Einwirkung auf seine Untertanen. Er ließ dem Bauern gut zureden und ihm reichlich Geld bieten und als das nicht half, ließ er ihm Befreiung von allen Abgaben versprechen. Aber der Bauer wehrte sich standhaft, gab alles preis, nur um die entsetzliche Leiter los zu sein. Endlich gab der Landesherr nach und die Leiter wurde vom Galgenesch fortgeschafft. Man brachte sie nach Ahlde auf den Sunderhügel, an die Stelle, wo der Streit der beiden Freunde ein so unglückseliges Ende genommen hatte. Dort blieb sie am Wege Ahlde–Emsbüren liegen. Niemand mochte sie anfassen und jeder, der vorbeikam, machte ein paar schnelle, scheue Schritte. Als das Holz vermorscht war, setzte man zwei Steinkreuze dorthin; diese erinnern die Bewohner von Ahlde bei aufkommenden Streitigkeiten stets daran, sich zu mäßigen und ihren Worten Zaum und Zügel anzulegen.

Die Kreuzsteine auf dem Sunderhügel in Ahlde.

Der Glockengießer von Bramsche

Es war im Jahre 1451. Der Glockengießermeister Wilhelm hatte schon manche Glocke hochpreislich gegossen. Nun sollte er auf dem Hof des Guts Spiek auch für die Bramscher Pfarrkirche zwei neue Glocken gießen. Kurz bevor er mit dem Guss anfangen wollte, kam ein Edelfräulein des Guts zu ihm, um eine Schürze voll Silbergeschirr in den Glutkessel zu werfen. Durch das Silber, so nahm man an, sollten die Glocken einen noch schöneren Klang bekommen. Überfroh über die Spende des Fräuleins ließ der Meister seinen Gesellen beim Werk. Er selbst aber eilte zum Dorfe, um sich bei einem Freudentrunke zu laben. Als er später zurückkehrte, musste er jedoch sehen, dass sein Geselle bereits die Glocken gegossen hatte!

Voller Wut wollte Meister Wilhelm sich an seinem Gehilfen rächen. Dieser floh, wurde jedoch in der Nähe der Kötterei Beck in Bramsche vom Glockengießer erfasst und erschlagen. Alle erschauderten vor dieser Tat und man drohte dem Meister mit der Blutrache. Der Unglückliche aber fand Zuflucht auf der Freistätte Gut Spiek. Dort soll er eineinhalb Jahre geblieben sein, dann wurde er begnadigt. Mit der blutigen Tat des Glockengießers aber bringt man noch heute ein steinernes Kreuz an der Mundersumer Straße in Bramsche in Verbindung.

Hexenberndkes Geißelpfahl

Zu der Zeit, als man überall in Deutschland dem Wahn der Hexenverfolgung verfallen war, gab es in Lohne oder in Elbergen, ganz genau weiß man es nicht mehr, einen Mann, der unter dem Namen Hexenbernd bekannt war. Er selbst war freilich keine Hexe, aber – so behauptete er – die Hexen hatten ihn oft auf ihren nächtlichen Ausflügen mitgenommen. So konnte er auch von diesen Fahrten genaue Kunde geben. Mit seinen Hexengeschichten versetzte er viele abergläubische Menschen in Angst und Schrecken und schürte so das Misstrauen unter den Menschen. So manchen soll er mit seinen Schmähungen in Unglück, Not und Armut gestürzt haben. Über einen Bauern aus Listrup beispielsweise erzählte der Hexenbernd, er könne sich in verschiedene Tiergestalten verwandeln. Der Bauer geriet durch diese Verleumdung mit seiner gesamten Familie ins Elend. Ein andermal erzählte er, er sei einstmals mit den Hexen nach Braunschweig geflogen und hätte dort mit ihnen in einem Weinkeller wilde Orgien gefeiert. Auf dem Rückweg merkten sie, dass eine Hexe zurückgeblieben war. Da sie keine Zeit mehr hatten umzukehren, weil langsam die Morgenröte aufzog, riefen sie die Hexe unter dem Zauberspruch herbei: „Jacob lat los – de Engel früsseln – und dat Morgenrot geht up!“ Als man ihn danach fragte, wie denn eine Hexenausfahrt vor sich gehe, erwiderte er: „Aus der schlafenden Hexe kriecht die Hexenseele in der Gestalt eines Insektes aus dem Munde hervor. Sie fliegt davon, verwandelt sich in einen Hasen und kehrt so auch wieder zurück. Hat man vor der Rückkehr den Körper in eine andere Lage gebracht, kann die Seele nicht mehr Einkehr halten und mit der Hexe ist es aus. Der Teufel hat die Seele.“

Als man ihn vor Gericht aufforderte, Namen von Hexen zu nennen, weigerte er sich jedoch standhaft. Man verurteilte ihn deshalb zum Hexenpfahl, der zwischen Lohne und Reitlage, nach anderer Überlieferung in der Nähe von Elbergen stand. Der Sage nach wurde der Hexenbernd nach seiner Geißelung im Gesicht gebrandmarkt und westwärts des Landes verwiesen. „Hexenberndkes Geißelpfahl“ aber zeigte man noch lange und seine Hexengeschichten erzählten sich die Leute mit Grausen.

Eine Schlacht zwischen den Bewohnern von Lorup und Scharrel

Das ganze schwarze Moor zwischen Lorup und dem oldenburgischen Scharrel war ehemals Loruper Grund. Er war zumeist mit Wald bestanden und viele wilde Tiere wie Bären, Wölfe und Füchse hausten darin. Einst verheiratete sich nun eine Loruperin nach Scharrel. Auf ihrem Weg in die neue Heimat sah sie, dass in dem schwarzen Moor gute Weideplätze für Schafe waren. Sie fragte daher die Bauern von Lorup, ob sie nicht dort ihre Schafe weiden lassen dürfe. Die Erlaubnis bekam sie. Als aber nach und nach immer mehr Bewohner von Scharrel ihre Schafe dorthin trieben, wurde es den Lorupern zu viel und sie verboten es, damit kein Recht daraus erwachse. Doch die Scharreler widersetzten sich dem Verbot und es kam zu Schlägereien. Aus beiden Dörfern liefen die Männer zusammen und bei Elsbusch gerieten sie in hartem Kampf aneinander. Die Loruper wurden zurückgetrieben, stellten sich den Verfolgern aber noch einmal entgegen und dabei wurde einer von ihnen getötet.

Die Frauen in Scharrel warteten unterdessen unruhig auf die Heimkehr ihrer Männer. Endlich liefen sie ihnen entgegen, die langen weißen Mützen auf dem Kopfe. Als die Loruper sie in der Ferne ankommen sahen, meinten sie, von Scharrel kämen noch einmal so viel Streitkräfte als schon da waren, und ergriffen die Flucht, wobei sie ihren Toten liegen ließen. Diesen nahmen die Scharreler mit sich. Später sprach das Gericht den Bewohnern von Scharrel das ganze Moor zu, bis zu der Gräft, der Stelle, wo der Tote begraben worden war.

Aus Wachtum und Garen wird von einer ähnlichen Schlacht erzählt. Hier waren es die Garener, die sich von dem prächtigen Aufgebot der Wachtumer einschüchtern ließen.

Die Festlegung der Grenze zwischen Wachtum und Garen

Vor Zeiten fehlte den Gemeinden Wachtum und Garen eine Grenze. Die Garener Schäfer trieben ihre Schafe in die Wachtumer Gärten und umgekehrt. Da dies zu Zwistigkeiten führte, beschloss man, eine Grenze festzulegen und zwar auf folgende Weise:

Garen und Wachtum sollten sich eine Schlacht liefern und wo der erste Gefallene niederstürzte, da sollte sich die Grenze entlang ziehen. Am festgesetzten Tag zogen die Wachtumer fantastisch bewaffnet hinaus. Sogar das schwächere Geschlecht schloss sich dem Zuge der Männer an. Dies sollte dem eigentümlichen Grenzregulierungsplan zum Verhängnis werden. Als nämlich die Garener den großen Zug des Aufgebots der Wachtumer erblickten und das vielstimmige Kriegsgeschrei hörten, kehrten sie schleunigst um, weil sie glaubten, die Wachtumer rückten mit den Vinnern verbündet heran. So war der Versuch zu einer blutigen Regelung der Grenzfrage gescheitert und man löste sie nun auf friedlichem Wege.

Gerichtsurteile wurden meist unter großer Anteilnahme der Bevölkerung vollstreckt. Der Kupferstich von Willemsz Dolendo zeigt die Belagerung der Festung Lingen durch Mauritz von Oranien im Jahre 1597. Am oberen Bildrand ist der Galgen als öffentliche Hinrichtungsstätte zu sehen.

VIII

Von Räubern und Raubrittern

Dunkle Wälder und menschenleere Wacholderheiden säumten früher die Wege eines jeden reisenden Kaufmanns, Hollandgängers oder einsamen Wanderers und ließen ihn auf seiner Reise zu einer leichten Beute für Räuberbanden und andere Unholde werden. Gefürchtet war vor allem das Gebiet des Mehringer Waldes, aber auch in anderen Gegenden herrschte Gefahr. Noch heute ist im Frerener Forst eine Stelle bekannt, die Düwelskökke genannt wird. Hier soll eine Räuberbande ihr Quartier gehabt haben. Auch in der Nähe von Vrees weiß man von einem solchen Unterschlupf zu berichten.

Berüchtigt waren bei Reisenden im 19. Jahrhundert sagenhafte Räuberhauptmänner wie der Hohnerkotten-Fernand oder Jan Buntekauh, die beide im Emsland und den angrenzenden Gebieten ihr Unwesen trieben. Wahrscheinlich aus älterer Zeit stammen dagegen Sagen, die sich um Raubritter und ihre Burgen woben.

Die Räubermahlzeit des Hohnerkotten-Fernand

Früher machten die Räuber die Wege im Emsland unsicher. In Banden zusammengeschlossen überfielen die desertierten Soldaten, Marodeure und Verbrecher die friedlich des Weges ziehenden Kaufleute. Diese verrohten Banden drangsalierten die Landbevölkerung, plünderten und raubten. Witterten sie irgendwo große Beute, so schreckten sie auch vor einem Mord nicht zurück.

Einmal erschien Räuberhauptmann Hohnerkotten-Fernand mit seiner Bande plötzlich auf Lakemanns Hof in Schwefingen. Man bereitete gerade die Abendmahlzeit. Das Volk saß an der Tafel, das Herdfeuer leuchtete hell auf. Da erschien ein hochgewachsener bärtiger Mann im Dämmerlicht des Taofelhoks, nahm seine Fellmütze ab und sprach: „Wäset man nich bange! Miene Jungens staoht rund ümt Hues to, dat jou kien Menske wat daun kann. Kruepet man gau alle int Berre, wie wärdet allenig klaor."

Lakemanns Leute wussten, woran sie waren. Sie krochen in ihre Schlafhöke und lauschten, was nun geschehen würde. Sie vernahmen, dass einer mit einer Fleischgaffel nach den Wiemen langte. „De gröttste Worst is miene", sagte er. Es war dieselbe Stimme, die ihnen soeben die Wacht angesagt hatte. Das Feuer knisterte am Herd. Töpfe und Pfannen wurden herbeigetragen, der Geruch von

Auf dem Weg durch die einsame Heide drohte Reisenden einst Gefahr durch Räuber und Wegelagerer.

Gebratenem erfüllte die Luft. Nicht lange danach rammelten Tisch, Bänke und Stühle. Die Räubermahlzeit begann.

„Hier, ick häwe ne Kanne Fusel funnen“, rief einer. Da wurde es noch lebendiger am Herd und an der Tafel. Endlich gegen Mitternacht wurde es still, auch die lauschenden Hausleute schlummerten ein. Als aber der Morgen graute, pochte Hohnerkotten-Fernand an die Schlafbutze des Bauern und lachte grienend: „Nu nümm du men wär dat Regiment, Buer, häbbt nix in de Taske stäken, blot wat in den Magen lopen laoten, 't gaoh jou alle goud.“

Angezeigt wurde die Sache nicht. Man suchte im Guten mit der berüchtigten Bande fertig zu werden. Die Obrigkeit hatte wohl damals keine Gewalt über die Wegelagerer und Strauchritter.

Räuberdank

Lakemanns Bauer wurde später noch einmal an das Abenteuer erinnert. Er wollte zu Fuß nach Sögel und kam gegen Abend in einen Wald, der ungefähr in der Mitte zwischen Meppen und Sögel lag. Er trug eine große Summe Geld bei sich und es fing an, ihm zu grauen. Aber als beherzter Mann schritt er auf dem dunklen Waldweg weiter. Plötzlich raschelte es in den Büschen. Mit brennender Pfeife trat ein Mann hervor – es war Hohnerkotten-Fernand. Wie angedonnert blieb Lakemanns Bauer stehen. Der Wegelagerer sprach: „Wäse nich bange, dat ganze Holt sitt vull van miene Jungens. De daoht die alle nix, du büst ja ok goud to ähr wäsen. Blot de Parole moßt wäten. Wenn die einer anhölt, dann segg hei ok wat. Du giffst em Antwort mit dat Kägendeil.“ Die beiden gingen auseinander. Es dauerte nicht lange, da sprang wieder einer aus dem Busch hervor. „Gouden Awend“, rief er. Lakemann entgegnete mit etwas zitternder Stimme „Gouden Morgen“. Da verschwand der Posten. Aber noch etwa ein Dutzend Mal wiederholte sich dasselbe. Dann war das Ende des Waldes erreicht und der Wanderer wurde nicht mehr belästigt.

Eine ähnliche Erzählung ist auch von einem Kaufmann aus Werpeloh überliefert. Albert Jansen hatte einmal unter vielen Gewissensbissen den bekannten Räuber und Wegelagerer Jan Buntekauh vor dem Gefängnis bewahrt. Zum Dank verriet dieser ihm das Losungswort, das er im Falle eines Überfalls nennen sollte: „Kowen“. Tatsächlich soll es ihn auf seinen weiteren Reisen vor räuberischen Übergriffen bewahrt haben.

Wie der Räuber Fernand überlistet wurde

Ein Kaufmann aus Werlte hatte in Wachtum gute Geschäfte gemacht und sich dort ziemlich lange aufgehalten. Wenn er doch auf seinem Heimweg erst an Keimerslust vorbei wäre, einem kleinen Gehölz im Schwiesen Moor! Heute lohnte sich ein Überfall. Bestimmt und gemessen war sein Schritt, scharf blickte er seitwärts ins Gehölz. Immer musste man auf der Hut sein vor diesem Räuberpack und ihrem Anführer Fernand.

Auf einmal ertönte dessen Stimme dicht vor ihm: „Offlangen of verrecken!“ Rücksichtslos und hart fügte er hinzu: „Passeert ’t baold?“ Der Kaufmann gab sich den Anschein der Gelassenheit und sagte langsam: „Na, wenn’t dann mott!“ Dabei sann er scharf über einen Ausweg nach. Auf einmal kam ihm der rettende Gedanke: „Fernand, mien Vader un miene Olschke glöwt mi dat nich. Gif mi ’n Teiken!“ – „Good, wat för en?“ – „Scheet mi dör ’n Haut!“ – „Holl ’n hen!“ – Bums! – „So!“ – „Nu noch dör de Jacke!“, bat der Kaufmann. Er knöpfte los, hielt die rechte Hälfte zur Seite und Fernand schoss auch hindurch. „Nu noch ’maol dör de linke Siete, dann seiht se, dat ick nich anners konn’!“, sagte der Kaufmann. Fernand erklärte: „Ick kann nich mehr.“ – „Dann dien Geselle!“ – „Ick bün alleen!“ – „So, dann kann ick nu!“, stieß der Kaufmann heraus. Schnell und wuchtig sauste der schwere Eichenknüppel nieder. Fernand sank zu Boden. Noch einige kräftige Schläge und der Kaufmann setzte befriedigt seinen Weg fort. „Der hat für ein paar Tage genug. So eine Abreibung müssten diese Halunken jedesmal haben“, schmunzelte er. Zu Hause war natürlich großes Erstaunen wegen der Löcher in Hut und Rock.

Nach einigen Tagen traf Fernand einen Bekannten. Der lenkte das Gespräch auf den Kaufmann. „Dat is ’n heel besten Keerl“, lobte Fernand, „de häf mi doch wenigstens dat Leben laoten. De meeste Mann hädde mi dodslaon!“

Die Räuberhöhle bei Vrees

Früher führte von Lorup nach Vrees ein Weg, der Bädelkers-Patt genannt wurde. Zur Zeit der Hümmlinger Räuberbanden wurde er nur von diesen benutzt, denn die Bevölkerung musste damit rechnen, dort jederzeit einer Bande in die Hände zu fallen. Dann mussten sie Hohner-Kotten-Fernand hohe Tribute entrichten oder der rote Hahn krähte alsbald auf ihrem Dach.

Irgendwo im Vreesner Holt hatte die Bande ihre Räuberhöhle in einem Hünengrabe oder in einem Hügel eingegraben. Keiner wagte es, allein in diese Gegend zu gehen. Aufgebotene Trupps, die dem Räuberunwesen ein Ende machen wollten, fanden den Unterschlupf nicht.

Der Übermut der Bande ging so weit, dass sie eines Tages die Tochter eines Vreesener Beerbten raubte, damit sie ihnen den Haushalt führe. In der Höhle durfte das Mädchen sich frei bewegen, jeder Ausflug war jedoch untersagt. Das Mädchen tat willig seine Arbeit und ließ sich Kummer und Heimweh nicht anmerken, sodass die Räuber sich ihrer sehr sicher glaubten. Nach langer Zeit erlaubten sie daher dem Mädchen, Gottesdienst und Kirmes in einem Nachbardorf zu besuchen. Es wurde ihr befohlen, mit keinem Menschen zu sprechen, und verkleidete Bandenmitglieder beobachteten sie auf Schritt und Tritt.

In der Kirche kam dem Mädchen ein rettender Gedanke. Sie kaufte auf der Kirmes eine große Tüte Bohnen und murmelte beim Gehen ständig vor sich hin:

„Men de Müeren will ick't klagen:
Inne Höhle bün ich fangen
Un wachte up jau mit Verlangen.
Will ih finnen dat Räuwersgätt
Dann mött ih gaohn den Bohnenpätt!"

Die Leute wurden aufmerksam und sahen, wie das Mädchen bei jedem Schritt vorsichtig Bohnen ausstreute. Da es schon zu dämmern begann, konnte man dem Mädchen nicht mehr folgen. Am nächsten Morgen aber machten sich fünfzig junge Burschen auf den Weg, als kaum die erste Morgendämmerung anbrach. Sie fanden die ausgestreuten Bohnen und es gelang ihnen, die noch schlafenden Räuber zu überraschen. Keiner entkam und seit der Zeit hat man um Vrees nie wieder von Räubern gehört.

Die Düwelskökke im Frerener Wald

Es war zu einer Zeit, in der es schon „Donnerbüchsen" gab – heute würde man Vorderlader sagen. Da ging ein Kaufmann namens Wesselmann durch den damals noch großen Wald von Langen nach Freren. Unweit der heutigen Hütte „Düwelskökke" im Frerener Forst stolperte er über eine Schnur, die über den Weg gespannt war. Am Ende dieser Schnur, in einer Räuberunterkunft, läutete ein Glöckchen als Signal für die Räuber. Diese stürmten aus der Höhle, überfielen den Kaufmann und schleppten ihn vor den Räuberhauptmann. Der aber erkannte in dem Kaufmann einen früheren Beschützer wieder, der ihm als Kind oft beigestanden hatte, und rief: „Wesselmann, wu kumms du hierher?" Nach einer längeren Unterhaltung musste der Überfallene, der diesmal glimpflich davonkam, schwören, dass er über diesen Fall nichts sagen werde, es sei denn auf seinem Sterbebett. Unter Begleitung von zwei Räubern wurde er nach Freren

Räuber mit Schmugglergut werden auf frischer Tat ertappt. Die gestellte Aufnahme stammt aus der Zeit um 1920.

geleitet. Seinen Schwur hat er gehalten. Verwandte und Freunde merkten zwar bald, dass er ein Geheimnis mit sich herumtrug, doch er gab es tatsächlich erst kurz vor seinem Tod preis.

Dann aber stellte die Landpolizei Untersuchungen an und fand heraus, dass eine Frau, die oft in Freren Einkäufe machte, zu der Räuberbande gehörte. Sie wurde verhört, gestand auch, und es wurde mit ihr verabredet, Zeichen am Weg zur Höhle zu hinterlassen. Mithilfe von Polizei und Soldaten wurde dann das Gelände abgeriegelt. Man hatte vereinbart, sobald die unter einem flachen Baum verdeckt gelegene und mit Moos getarnte Klappe zum Eingangsloch der Räuberhöhle geöffnet werde, würden zwei Schüsse abgefeuert, sodann sollte die Frau herausflüchten. Alles lief wie verabredet. Nach einer schweren Schießerei wurde das Lager ausgehoben und die überlebenden Räuber vor Gericht gestellt, abgeurteilt und erhängt.

Die Maringer Burg

Südlich und in der Nähe von dem alten Hemelt'schen Hofe, westlich am Mehringer Ufer der Ems, lag in alten Zeiten eine Burg. Darin hauste ein verwildertes und verwegenes Raubrittergeschlecht, die Maringer. Sie kümmerten sich um keinen Gott und kein Gebot, nicht um Recht und Gesetz. Rauben, Jagen und Fischen waren ihre Hauptbeschäftigungen. Sie plünderten nicht nur die friedlichen Reisenden aus, die den Fluss entlangzogen, sondern vor allem auch die Schiffe, die mit Gütern beladen die Ems hinauf oder hinab fuhren. Dazu spannten sie eine Kette über die Ems, sodass sie etwas unter der Wasseroberfläche lag. Dadurch wurde den Schiffern der Weg versperrt. Während diese nach der Ursache forschten, sprangen die Raubritter mit ihren Mannen, alle schwer bewaffnet, in die stets am Ufer bereitliegenden Boote, erstiegen das Schiff und zwangen die völlig überraschte, meist wehrlose Mannschaft, alles irgendwie Wertvolle, sei es Geld oder anderes Gut, abzuliefern. Weigerten sie sich, so drohte ihnen der Tod. Damit nichts verraten werden konnte, nahmen sie nicht nur die getöteten, sondern auch die überlebenden Personen mit nach ihrer Burg. Hier verschwanden sie und niemals kehrte einer von dort zu den Seinigen zurück. Wo sie aber blieben, das wusste kein Mensch. Die Emsufer sind hier hoch und in damaliger Zeit waren sie mit gewaltigen Eichen- und Buchenwaldungen bestanden, die mit ihren Kronen den Fluss fast laubenartig überdeckten und sich bis weit ins Land erstreckten. Menschen wohnten nicht in der Nähe. So konnten die Maringer ihr geheimnisvolles böses Wesen treiben, ohne dass man so recht darum wusste. Und wenn es auch so gewesen wäre, wer hätte es gewagt, gegen diese gewaltigen Unholde etwas zu unternehmen?

Der letzte und schrecklichste dieser Wegelagerer war der Sage nach Bodo. Ums Christentum kümmerte er sich nicht im Geringsten, nie ging er in die Kirche, er mochte die Glocken nicht einmal hören. Darum ritt er jeden Sonn- und Feiertag, wenn morgens der Gottesdienst in Emsbüren begann, auf die Jagd in die weiten Mehringer Waldungen. Zuweilen zwang er auch seine beiden Hörigen, die auf zwei großen Höfen an der Ems wohnten, mit ihm am Tag des Herrn die wilde Jagd zu pflegen. War ihnen eine gute Jagdbeute zuteil geworden oder ein Raubzug gewonnen, dann gab es in der Burg ein wüstes Gelage. Am meisten verhasst war ihm das Totengeläute. Dann fluchte und tobte er, hielt sich die Ohren zu und drohte Kirche und Turm in Brand zu stecken.

Doch auch ihm schlug endlich das letzte Stündlein. Auf dem Friedhof an der Salzberger Kirche sollte er begraben werden. Der widerstrebende Geistliche wurde unter schweren Drohungen gezwungen, das zu dulden. Zwei schwarze Rappen des Verstorbenen zogen den Wagen mit dem schweren Eichensarg. Der Glöckner sollte eine Stunde vorher läuten, dafür war ihm ein Goldstück versprochen worden. Aber er mochte mit seinen Gehilfen an den Strängen ziehen und zerren, wie er wollte, die Glocken gaben keinen Ton von sich. Da kam auf dampfendem Ross von der Maringer Burg ein Bote mit folgendem Bescheid: Wenn der Küster nicht bald zu läuten beginne, dann sollten ihn die Raben fressen; morgen um diese Zeit würde er schon an der höchsten Eiche im Maringer Walde hängen. Da ergriff der Küster nochmals das Seil der größten Glocke, setzte sie so in Schwung, dass sie sich überschlug und der Klöppel das Metall derart peitschte, dass die Glocke sprang – sie war und blieb stumm. So musste der Leichenwagen still dahinziehen. Nicht weit von der Kirche, in dem Hohlweg hinterm Pfarrgehöft, stand der Wagen plötzlich still. Die starken Pferde vermochten nicht, ihn weiterzubringen. Man ermunterte sie, man zog sie an den Zäumen, man schlug sie; immer von Neuem setzten sie an, bohrten ihre eisenbeschlagenen Hufe in die Ritzen der kieselbedeckten Straße, schlugen das Gestein, dass die Funken sprühten, doch vergebens. Die Tiere schnaubten, zitterten und Schweiß bedeckte ihre Körper. Da merkte man, dass hier überirdische Kräfte am Werk waren, die den Wagen bannten. Der unheilige Ritter sollte nicht in geweihter Erde ruhen und die geweihten Glocken sollten dem Sonntagsschänder nicht läuten. Man ließ jetzt den Wagen zurückfahren, was sofort gelang. Die Leiche wurde nach der Burg zurückgebracht, der Sarg abgehoben und auf den Hof gesetzt, bis ein neues Grab geschaufelt war. Als dies geschehen war und die Leiche geholt werden sollte, da war sie verschwunden. Auf dem Hof hatte der Ritter nämlich ein Verließ angelegt, einen tiefen Brunnen, der mit einer Fallklappe versehen und mit Erde überdeckt war. Hierauf hatte man zufällig den schweren Sarg gesetzt. Das morsche Holz hatte nachgegeben und der Leichnam war in den fünfzig Klafter tiefen, mit Wasser gefüllten Schacht hinabgesunken und hatte sein Grab bei den vielen Unglücklichen gefunden, die Bodo tot oder lebendig hier versenkt hatte.

Aber die Verbrechen des bösen Ritters waren nicht gesühnt worden, er war so gottlos gestorben wie er gelebt hatte, darum konnte er auch nach dem Tod keine Ruhe finden. Nächtliche Wanderer sahen ihn manchmal ohne Kopf auf einem Feuer sprühenden Pferd sitzen und durch den tiefen, schluchtenartigen Weg traben, der von der Ems bis zum Pfarrgarten führte. Jahrelang trieb der Unhold dort sein Unwesen. Da errichtete man an dem Weg ein Kreuzbild. Seitdem wurde der Spuk nicht wieder gesehen. Auch die Burg ist längst verschwunden. Die Fluten der Ems haben sie bis in ihre Grundmauern zerstört und die unheilvolle Stätte verschüttet. Nur ein tiefes, mit Wasser gefülltes Loch, von einem Wall umgeben, der sogenannte Vogelpohl, war lange Zeit dort noch zu sehen.

Der Raubritter Stephan

In Düthe wohnte früher der berüchtigte Raubritter Stephan. Er fuhr mit einem Boote über die Ems, lauerte den Reisenden auf, die über die Heerstraße zogen, und beraubte sie. Einmal wurde er bei der Ausübung dieses sauberen Handwerks überrascht. Da rannte der Räuber zum Schiff, um schnell die Ems zwischen sich und seine Verfolger zu bringen. Doch, oh weh! Das Boot war fort und hart drängten die Häscher nach. Ohne sich lange zu besinnen, lief er bei der „Kleibank“ über den Fluss, von einer Eisscholle auf die andere springend, und rief dabei: „Wer zum Hangen geboren ist, ertrinkt nicht!“ Stephan entkam. Später fing man ihn auf dem Goseberg in einem Gänsestall. Nun durfte er „hangen“.

Die Mordflamme auf Burg Halte

Es ist sehr lange her, da stand bei Halte eine große Burg, die einem Grafen gehörte. Der Besitzer war ein freundlicher Mann, gastfrei, liebenswürdig und zuvorkommend gegen jeden. Seine Fähre wurde von zweien seiner Knechte, wahren Riesen, pünktlich und gut bedient. Da man hier Tag und Nacht übersetzen konnte, war der Andrang der Reisenden vom und zum Münsterland sehr stark. Damit des Nachts die Anlegestelle nicht verfehlt werden konnte, brannte in einem Fenster der Burg eine breite, blitzblaue Flamme.

Zu dieser Zeit führte mancher Reisende bei der großen Unsicherheit der Wege einen starken Hund als Schutz mit sich. So reiste auch ein reicher Kaufherr aus Münster mit seinem Hund nach Ostfriesland. Er kam des Abends spät an die Halter Fähre und stieg in das Fährboot. Sein Hund jedoch wollte durchaus nicht hinein, sondern stand zornig knurrend am Ufer und schnappte nach den Händen der Fährknechte, wenn diese ihn greifen wollten.

„Lasst das Tier!“, meinte der Kaufmann, „es wird schon nachkommen!“ – „Oder“, meinte der Knecht, „es kann ja, wenn es ihm beliebt, seinen Weg allein zurückmachen!“ Dabei lachte er höhnisch auf. Dies missfiel dem Kaufmann und mit Beklemmung fuhr er ohne seinen Hund ab. Er bemerkte aber bald, wie dieser laut aufheulend ins Wasser sprang und seitwärts vom Boot mitschwamm.

Als man mitten auf der Ems war, durchzuckte plötzlich ein roter Strahl die blitzblaue Flamme, wie wenn ein Schwert den Kopf spaltet. Im selben Augenblick fühlte der Kaufmann einen wuchtigen Schlag auf seinen Kopf, sodass er besinnungslos hinstürzte und der Länge nach im Boot lag. Hatte aber der Kaufherr die rote Flamme und den Schlag noch bemerkt, so hatten die Fährknechte nicht gesehen, wie der Hund leise an das Boot herangeschwommen war und mit einem Satze sofort dem einen der Knechte, der den Schlag geführt hatte, an die Gurgel sprang und ihn würgte. Mit gleicher Wucht und Schnelligkeit fuhr er auf den anderen los, der das Ruder führte. Durch den Stoß und Prall schlug dieser mit dem Kopf so hart nach rücklings auf, dass er wie der Kaufmann dalag. So führte der Strom das Boot die Ems hinab und als im Morgengrauen ein fürstliches Geleitschiff unterhalb von Leer auf das Boot traf, fand man den Kaufmann noch betäubt. Der Hund stand mit gefletschten Zähnen über dem noch lebenden Fährknecht, der andere Knecht aber war tot.

Ein Fähnlein Landsknechte wurde abgesandt, um den Burggrafen gefangen nach Leerort zu führen, doch dieser war schon geflohen. Da in den letzten Jahren mehrfach Reisende spurlos verschwunden waren, untersuchte man die Burg und fand eine Grube mit Leichen und Menschenknochen. Vor Gericht bekannte der Knecht, dass sie gemeinsam Reisende gemordet und ausgeplündert hätten. Da wurde der Knecht hingerichtet, die Burg Halte zerstört, der Mordbrunnen mit Weihwasser besprengt und dann zugeschüttet. Seitdem zeigt sich noch oft in stillen Nächten eine blitzblaue Flamme in der Luft, genau an der Stelle, wo vordem die Mordflamme brannte. Häufig heult auch ein Hund, wenn ein Reisender des Nachts übersetzen will.

IX

Von versunkenen Stätten und überirdischer Gerechtigkeit

Wo weltliche Gerichte versagen, da kommen in den alten Überlieferungen überirdische Kräfte zum Einsatz, um Tugend und Redlichkeit zu belohnen, Frevel, Hochmut und Gottlosigkeit dagegen hart zu bestrafen. Oft sind es Menschen, die ihre Sonntagspflicht verletzen und stattdessen faulenzen, feiern oder jagen, die buchstäblich mitsamt ihrem Hab und Gut untergehen. Aber auch um Mönche und Geistliche, die es mit den christlichen Tugenden nicht so genau nehmen, ranken sich Sagen von versunkenen Klöstern und Kirchen. Dort, wo die Frevler der Boden verschluckt hat, bleibt lediglich ein friedliches Gewässer zurück, das die übrige Bevölkerung zu besserem Verhalten mahnt.

Die Burg in der Wertlake

Von Eltern führte ein Sandweg nach Käseforth an der Hase zur alten Fährstelle. Kurz vor der Hase lag linkerhand im Schatten der Kiefern ein tiefer Wasserkolk, auf dem eine geheimnisvolle Stille ruhte. Der Kolk trug den Namen Wertlake.

In längst vergangenen Tagen stand dort eine Ritterburg. Der Besitzer war unverheiratet und eine Magd führte ihm den Haushalt. Von Gott und Gebet wollte der Ritter nichts wissen, um Gottes Gebote kümmerte er sich wenig. Statt an Sonn- und Feiertagen den Gottesdienst zu besuchen, hetzte er mit gleichgesinnten Freunden das Wild oder er saß mit ihnen zechend auf seiner Burg und vertrieb sich die Zeit mit Würfelspiel. Oft mahnte ihn die Magd an die Erfüllung seiner Sonntagspflicht und bat ihn, das unchristliche Wesen aufzugeben. Doch der Junker ließ solche Worte ungehört verhallen.

Es war an einem Weihnachtsabend. Der Ritter hatte nach einer Jagd seine Spießgesellen um sich versammelt. Das wüste Gelage fand selbst in der Frühe des Weihnachtsfestes kein Ende, als die Bauern der umliegenden Höfe sich zur Christmette begaben. Auch die Magd bat jetzt ihren Herrn, den hohen Feiertag doch nicht so zu entheiligen. Aber alles Mahnen war vergebens. Da verließ die Frau in trüber Stimmung den Rittersitz und begab sich auf den Weg zur Kirche, um der Christmesse beizuwohnen. Als sie zurückkehrte, fand sie zu ihrem großen Entsetzen die Burg nicht mehr. Sie war im Boden versunken und

Von versunkenen Burgen blieb der Sage nach oft nicht mehr zurück als ein stilles Gewässer inmitten der weiten Landschaft. Das Bild zeigt einen Schafstall an einem Weiher im Moor, um 1935.

an ihrer Stelle lag der dunkle Wasserkolk. Nur ihr persönliches Eigentum, ihre Kleidung und Arbeitsgeräte, fand sie am Ufer wieder.

Ganz ähnliche Sagen erzählte man sich früher auch über den Foppenpohl, einen nun schon lange zugeschütteten Tümpel auf einer Wiese am Sallerweg bei Lengerich, und über den Botterwinkel zwischen Lohe bei Thuine und Messingen. In Lengerich soll es ein Bauer Foppe gewesen sein, dessen Anwesen aufgrund seines gottlosen Lebensstils zugrunde ging. Im Botterwinkel dagegen stand der Sage nach einst eine Burg, die mit ihrem lasterhaften Burgherrn in Grund und Boden versank. Die gottesfürchtige Haushälterin aber fand allen drei Überlieferungen nach ihr Hab und Gut unversehrt vor.

In der Lohe, einem Wald nördlich von Groß-Berßen, wird dagegen von einem versunkenen Wirtshaus berichtet, in dem zu Weihnachten und an Karfreitag getanzt und gezecht wurde. Vor den Augen eines Geistlichen ist es der Überlieferung nach in der Tiefe versunken. Das Loher Loch zeigt noch den Standort des Gasthauses, an dem es spuken soll.

Ida von Venhaus und das Heilige Meer bei Hopsten

Vor vielen Jahrhunderten standen an der Stelle des Großen heiligen Meeres in der Nähe von Hopsten ein prächtiges Kloster und dort, wo jetzt das Kleine heilige Meer liegt, die dazugehörigen Stallgebäude. Fromme Mönche waren in diese

Die Wasserburg Venhaus wurde 1770 in eine Kirche umgewandelt. Der Sage nach haben einst Mönche die Tochter eines Venhäuser Burgherrn in ein abgelegenes Kloster entführt. Später versank das Kloster zur Strafe in der Erde und an seiner Stelle entstand das Heilige Meer.

Gegend gekommen und hatten in harter Arbeit und mit unsäglicher Mühe den Boden urbar gemacht. Allmählich aber hatten sich die strengen Ordensregeln gelockert. Eines Nachts überfielen vermummte Männer, Abgesandte des Klosters, die einige Stunden entfernt liegende Burg Venhaus, deren Besitzer nach Münster geritten war, um den Bischof Herimann nach seiner Rückkehr aus dem Kreuzzuge zu begrüßen. Sie raubten die einzige Tochter des Ritters und brachten sie zum Kloster, wo sie in einem sicheren Gelasse gefangen gehalten wurde.

Am anderen Morgen bat der junge Eberwin von Thuine am Klostertor um Einlass, weil ein heraufziehendes Unwetter ihn hinderte, noch am selben Abend seine nicht mehr weit entfernte Burg zu erreichen, die er vor mehreren Jahren verlassen hatte, um an dem Kreuzzug teilzunehmen. Es wurde ihm gerne Einlass gewährt. Aber noch bevor er sich zur Ruhe legte, kam der alte Pater Martin zu ihm, der Einzige, der noch der alten Regel treu geblieben war. Er berichtete von dem Raub des Mädchens und beschwor den Ritter, sie zu befreien.

Mithilfe des Mönches und des Pförtners gelang die Flucht. Alle vier verließen trotz des furchtbaren Unwetters das Kloster. Kaum hatten sie die Höhe des nahen Kalberberges erreicht, da zerschmetterte ein Blitzstrahl den Turm der Kirche, der krachend auf das herrliche Klostergebäude hinabstürzte. Ein heftiger Erdstoß folgte. Im Kloster brach ein Brand aus. Durch einen zweiten, noch gewaltigeren Stoß sanken die brennenden Trümmer in die Tiefe. Wasser stürzte über sie hinweg und so entstand ein See.

Der Wappenstein der Burg Venhaus aus dem 17. Jahrhundert mit den Wappen von Ripperda und von Falke.

An den Abenden vor Vierhochzeiten, besonders aber am Abend vor Weihnachten, hört man in der Tiefe des Wassers die Glocken läuten und Mönche einen Choral anstimmen. Darum heißt der See das Heilige Meer.

Eine Kirche ist einer anderen Sage nach dort versunken, wo sich in der Nähe der alten Ems bei Mehringen früher ein runder Wassertümpel befand, der Bönnenpool. In der Weihnachtsnacht soll man hier noch lange die Glocken dieses verschwundenen Gotteshauses gehört haben. Heute ist die Stelle jedoch nicht mehr bekannt.

Das Paggenveen von Klosterholte

Zwischen Haverbeck und Klosterholte lag früher ein kleiner See, der Paggenveen genannt wurde. Hier stand in alten Zeiten eine Burg, die dem Herrn von Haverbeck gehörte. Dieser Burgherr war durch sein wildes und wüstes Leben in große Geldnot geraten.

Als er einmal durch seine Felder ging und über seine Geldnot nachdachte, wurde er sehr trübsinnig. Da begegnete ihm der Teufel. „Warum bist du so traurig?“, fragte er. „Ich habe viele Schulden und keiner kann mir mehr helfen“, entgegnete der Ritter. „Ich kann dir wohl helfen und will dir helfen, wenn du nach zehn Jahren mit mir gehst und mir gehörst.“ Das nahm der Ritter an. Sie ritten dreimal um das Besitztum des Ritters. Danach war der Teufel verschwunden, der Ritter aber nie wieder in Geldnot und er konnte herrlich und in Freuden leben.

Als zehn Jahre vergangen waren, meldete sich der Teufel wieder, um den Ritter zu holen. Dieser, der bei all dem guten Leben sein Versprechen vergessen hatte, bat um Gnade. Doch der Teufel sagte: „Wir wollen um die Wette reiten. Nur wenn du den Reitkampf gewinnst, gebe ich dich frei."

Der Ritter ließ nun seinen besten Hengst satteln und gab dem Teufel das schlechteste Pferd. Dann ritten sie los. Nur mit größter Mühe erreichte der Ritter sein Haus. Vor dem Tor fiel er tot vom Pferd. Dreimal umkreiste nun ein großes Feuerrad die Burg, die dann mit Blitz und Donner in die Erde versank. An ihrer Stelle entstand ein großer Teich, den man Paggenveen nannte.

Die beiden Nachbarn am Napoleonsdamm in Mehringen

Einst wohnten zwei Bauernsöhne an der großen Heerstraße in Mehringen, die man Napoleonsdamm nannte. Beide waren verheiratet und mit Kindern gesegnet. Einer von ihnen war reich mit Gütern bedacht, da er das väterliche Erbe erhalten hatte. Der andere war nicht so sehr des Vaters Augendiener gewesen und ging leer aus. Mithilfe der Verwandtschaft seiner Frau baute er sich ein kleines Häuschen jenseits des Weges, gegenüber dem Erbe seines Bruders. Man nannte sie nach dem Erbe und dem Neubau „Alter" und „Junger". Wie der Alte schier alles anhäufen konnte und im Überfluss lebte, da zog der Stolz in seine Seele. Er wurde hart, ungerecht, geizig und seinem Bruder gegenüber feindselig. Der arme Bruder verdiente mit seiner und seiner Frau Arbeit gerade so viel, dass die Kinder nicht hungern brauchten, wenn auch manchmal Schmalhans Küchenmeister war.

Da die Heerstraße viel begangen wurde, kam öfters spät ein Wanderer vorbei und bat um Unterkunft. Von dem reichen Bruder wurde er dann in den Strohschuppen geschickt, Essen und Trinken erhielt er kaum. Der Arme aber nahm jeden Wanderer gern auf und teilte alles mit ihm. Da klopfte es eines Nachts an die Tür des Reichen und ein später Wanderer begehrte Einlass. Der Reiche sagte, er sei krank und könne nicht aufstehen, der Fremde möge nur nach gegenüber gehen, da wohne sein Bruder.

Dieser stand sofort auf, als der Fremde um Einlass bat, machte das Feuer an, damit jener sich trocknen und wärmen konnte und seine Frau setzte ihm Essen und Trinken vor. Am anderen Morgen verabschiedete sich der Fremdling mit Dank von der armen Familie, bei der er sah, dass sie ihm mehr gegeben hatte, als sie durfte, um selbst noch zu haben. Nach kurzer Zeit schüttete die Tochter das Strohlager auf, auf dem der Fremdling geruht hatte. Sie fand da einen ledernen Beutel, den sie öffnete und darin ein Dukatenstück erblickte. Sie zeigte es ihrer Mutter und wollte dem Fremdling sofort nachlaufen. Da kam der reiche Bruder herein, der seinen armen Bruder zur Arbeit holen wollte. Als er das Goldstück sah, wollte er es sofort einwechseln und lachte seines Bruders Tochter aus, dass sie es dem Fremden nachbringen wollte. Wenn auch die Frau, die vor Ärmlichkeit gern etwas Geld gehabt hätte, wohl umzustimmen gewesen wäre, so waren doch der Vater und die Tochter von dem Wunsch durchdrungen, den Fremdling recht bald aufzufinden, damit er sein Eigentum, das er wohl nicht vermisste, wiederbekomme. Die Tochter, als die Schnellere, lief ihm nach und erreichte den fremden Mann nach etlichen Stunden, wie er an einem Waldrand saß und ausruhte. Es schien fast, als ob er sie erwartet hätte. Sie reichte ihm den Beutel mit der Bitte, sofort nachzusehen, ob etwas fehle. Der Fremdling lächelte, öffnete den Beutel, sah hinein und sagte: „Gewiss ist das mein Beutel, auch ist alles drin, es fehlt nur eines – der Besitzer. Er gehört fortan dir. Aber du darfst nur allwöchentlich – und zwar am Freitagabend, wo ich zu euch kam – den Lederbeutel öffnen und das, was darin ist, herausnehmen. Öffnest du ihn öfter, ist nichts darin."

Das Mädchen wollte das Geschenk erst gar nicht annehmen, schließlich nahm sie es aber doch. Sie eilte froh nach Hause und alles freute sich über das eine Goldstück. Welches Wunder aber, als nach acht Tagen wiederum ein Goldstück aus dem Beutel entnommen werden konnte. So geschah es jeden Freitag, immer um dieselbe Zeit. Später kaufte der arme Bruder den Hof des reichen Bruders, der von da an verschollen war.

Ob die heutigen Nachkommen dieser Familie noch immer jeden Freitag einen Dukaten aus dem alten Lederbeutel nehmen können, darüber schweigt die Sage.

Während Ehrlichkeit und Bescheidenheit oft wie durch ein Wunder vergolten werden, scheint es manchmal dagegen das Leben selbst zu sein, das einen übermütigen Menschen letztlich mit Armut und Einsamkeit straft. Diese Erfahrung musste ein Kaufmann Vaalmann machen, der es in der „Franzosenzeit" zu Beginn des 19. Jahrhunderts zu einem beachtlichen Vermögen gebracht hatte. In Schapen ließ er eine weithin sichtbare Windmühle errichten, von der die Leute sich noch heute erzählen, sie sei in nur einer Nacht durch Schmuggel verdient worden. Vaalmann habe in Saus und Braus gelebt und wollte sogar die Flügel seiner Mühle vergolden lassen. Genauso schnell, wie er zu dem Geld gekommen sei, habe er es durch sein ausschweifendes Leben aber auch wieder verloren und die letzten Jahre in bitterer Armut verbracht.

Die Geschichte von der Vaalmannschen Mühle ist über das Emsland hinaus bekannt geworden. Der westfälische Schriftsteller Joseph Winckler, der zeitweise in Hopsten lebte, hat sie in seinem „Westfalenspiegel" zu einer Erzählung ausgeschmückt und der Sage dabei noch einmal eine andere Wendung gegeben:

Die vergoldete Mühle

Ein uralter Zauber liegt auch um die Kornmühlen. Der „Tödde" Vahlmann war in Amsterdam so reich geworden, dass er glaubte, jederzeit sich den Himmelsschlüssel kaufen zu können, und lebte sich erst mal gründlich aus in Saus und Braus. Er hatte keine Kinder, die Frau war früh gestorben, sodass er als einsamer Mann zurückgeblieben war, nachdem seine ganze übrige Familie ausgestorben war. Aber weil er in der großen Stadt in hohen Ehren stand, auch Schöffe wurde, die Dubbelkes aus dem Sack springen ließ und nirgends knorzte, konnte er die frohesten Kumpane seine Freunde nennen und auf den Tulpenfeldern, den Märkten und Kirmessen wie auf den schwellenden Bildern der großen flämischen Maler sah er die Üppigkeit triumphieren. So führte er ein prächtig Haus, wo die Tafel immer voller Leckerbissen stand, der Aalbottich nicht leer wurde und die feinsten Weine im Keller auf die Gäste warteten. Besonders gern aber aß er den heimatlichen Pumpernickel und ließ sich in einer festen Eichenkiste jeden Monat zwei dreißig Pfund schwere Roggenbengels schicken. Er wird bis ans Lebensende hier bleiben, vielleicht wird er nochmals heiraten, eine dralle Mevrouw mit Spitzen um den Busen und einem Erbbegräbnis im Dom! Der alte Ohm Voß von der Kalverstraat, der selber ein westfälischer Tödde war, also reisender Kaufmann, und gar der reichste Mann von Holland hieß, wiegte seine roten Hängebacken, kippte einen Doornkat und öchelte: „Vahlmann, wirst doch die schwere Heideseele nicht los, stammst aus dem Moor, betäubst dich nur; auch du gehörst eigentlich nicht nach Holland!"

„Was sollte mich heimziehen, du spökenkiekerischer Mijnheer? Nee, Voß, ick bliwe hier!" Zum Schluss sprachen sie alle wieder ihr heimatliches Platt; „dat sidd drin", nickte ernster Ohm Voß.

Infolge einer lustigen Wette oder aus purer Neugier, man weiß es nicht mehr, machte der Vahlmann bald darauf mit seinen Gästen in sechs Kutschen eine Wagenfahrt über die Grenze ins ferne verschollene Heidedorf, und nach vier Tagen waren sie da.

„Steht das Haus noch", lachte einer der Gäste, „darin der Krösus geboren wurde?" Und sie erwarteten alle einen deftigen Kotten, eine breite Sippe, wie sie's daheim im polderreichen Marschland gewohnt; der Vahlmann hatte nie viel von seiner Herkunft erzählt. Aber Vahlmann stockte das Herz, wie dort die alte väterliche Mühle zerfallen und windschief auf ihrem Heidehügel trauerte. Es war noch eine unbeholfene Bockmühle, drin nun die Eulen nisteten. Schindeln klapperten verwittert. Hier also hatte er seine dürftige Kindheit verlebt? Eine verstohlene Träne der Rührung rollte in seinen grauen Bart und er zeigte den erstaunten Gästen mit weitem Arm die Umgegend, ob dies nicht ein wahres Paradies sei? Alle Gäste lächelten der öden Heide. Dann zeigte er auf die

Die Vaalmann'sche Mühle in Schapen nach einer Ansichtskarte von etwa 1900.

verfallene Bockmühle: „Und das ist mein Vaterhaus, früher lag noch ein kleines Backsteingebäude dran!" Da stießen die Gäste einen spöttischen Rülpser aus und meinten, er wolle wohl Possen treiben? Aus solch elendem Kotten könne er nicht stammen! Nun erst, mit einem Schlag, erwachte seine volle Liebe, erschütterte sein Herz und ganz benommen murmelte er: „Aber der herrliche Geruch – von Mehl – altem Holz, ha, so'n trockenen Mulm, das muss man in der Wiege schon gespürt haben!" Und er blähte die Nasenflügel und schnüffelte zur leeren Mühle empor. Diese Gebärde hielten sie erst recht für einen drolligen Ulk des originellen Alten und riefen: „Ja, stimmt, die Mühle riecht wie Zimt! Gibt keine schön're Mühle weit und breit in Ewigkeit!" Vahlmann entgegnete nichts und sie blieben im nahen Wirtshaus, wo früher die Bauern ausspannten, wenn sie seinem Vater das Korn zum Mahlen brachten. Er hatte im Voraus ein saftiges Mahl bestellt und aus den Kasten ihrer Kutschen packten sie noch Lachsschinken, Eier, Würste, ein großes Stück Wildbret, Edamer Käse, geräucherte Gänsekeulen und -brüste, geräucherte Aale und Salm, Ingwerschnäpse, Zypernweine und feierten und zechten die ganze Nacht übermütig, hielten Lobreden auf Gastgeber und Schmauserei und Schwelgerei; am lautesten tobte schließlich Vahlmann selber und schwer fielen sie in die hohen, karierten Bauernbetten. Am Morgen aber erklärte Vahlmann ihrem ungläubigen Staunen – und das schwere breite Westfalengesicht mit den wulstigen Augensäcken lief rot an, er lachte mit einer wilden, gekünstelten Heiterkeit: „Lebt wohl im großen Amsterdam, meine Lieben, de Vahlmann ist wehr to Huus!" Der Spitzenhändler van Brüggen öffnete den bartlosen Mund, dass man seinen Atem stoßen hörte, und rief: „Ist das kein Spaß?" Vahlmann rieb sein erhitztes Gesicht und erklärte ernst und fest: „Jä, will wieder ein Müllerssohn sein; dat sidd drin!"

Keine Überredungskunst half. Vahlmann mietete gleich im Wirtshaus zwei niedre Stuben und blieb. Zum Wirt sagte er: „Hier ist das Paradies, die Mitte der Welt, Hinnerk, segg ‚du' to mi!"

Kurze Zeit später gab er den Auftrag, sein Geschäft in Amsterdam zu verkaufen.

So hauste er in der kleinen Wirtschaft, gegenüber der verfallenen Mühle, und ging selber wieder gemächlich in Holzschuhen, aß das alte Schwarzbrot, kippte einen ‚Ollen Kloaren' und spielte mit den Bauern Skat. Aber seinen Stolz auf die Mühle, den musste er jetzt bannig zeigen, auf eine ganz besondere Art, die ihn weit übers Kirchspiel hinaus berühmt gemacht hat:

Er ließ, der reiche Dubbelkes-Krösus, die Flügel seiner väterlichen Windmühle vergolden! Hoch stand die Windmühle vor der Abendröte und drehte wieder mit blitzenden goldenen Flügeln. Es war ein wundersamer Anblick. Vahlmann saß am niederen Fenster der Wirtschaft und schaute still zu. Und es dünkte ihn, lichte Engel schwebten um die Haube der Mühle. Später soll er, weiblos, kinderlos, völlig verarmt sein, man weiß es nicht mehr. Die Mühle aber zeigte viele Jahre noch ihren goldenen Stern, nachdem Wind und Wetter die Vergoldungen längst von den zerbrochenen Flügeln gewaschen. Bis zu meiner Jugend nisteten nur Eulen noch drinnen und schrien: „Der Vahlmann ist tot, der Vahlmann ist tot! Wenn der Stern verbleicht, fehlt es an Brot!“ Der Stern ist verblichen, die Notzeit kam.

Die Vaalmann'sche Mühle heute.

X

Von Kirchen, Konfessionen und Heiligen

Im Emsland, wo Kirche und Glaube seit jeher eine wichtige Rolle spielen, knüpfen viele Überlieferungen an die Christianisierung, an die Kirchengeschichte, aber auch an das Leben von Heiligen an. Vor allem Ludgerus, der erste Bischof von Münster (741–809), nimmt in mehreren Sagen eine Schlüsselposition ein. Auf ihn führt die Überlieferung die Gründung der Kirchen in Emsbüren und Lünne zurück. In Emsbüren soll er auf seinen Missionsreisen nach Friesland sein Quartier genommen haben. Urkundlich ist dies jedoch nicht belegt. In der Vita Liudgeri, seiner Heiligenlegende, ist dagegen überliefert, wie er in Meppen einen zum Hängen Verurteilten vor dem Tod rettete.

Mit ihrem häufigen Wechsel von katholischen und calvinistischen Landesherren ist auch die Konfessionsgeschichte des Emslandes in alten Überlieferungen lebendig geblieben. Sie heben zumeist die Gewalttätigkeit der Calvinisten und den Mut der katholischen Geistlichen hervor und tragen somit eindeutig antiprotestantischen Charakter. Weiter nördlich waren es älteren Sagen nach die Friesen, welche die Gotteshäuser bedrohten. Als „eiserne Männer" stiegen sie aus den friesischen Mooren empor und zerstörten Kirchen und Klöster.

St. Ludgerus im Emsland

Im Lande der Sachsen liegt eine weitbekannte Stadt, Meppen genannt. Als der heilige Bischof Ludgerus auf seiner Wanderschaft nach Friesland in deren Nähe kam, sah er – es war an einem Sonntage – nicht weit vom Wege einen großen Volkshaufen. Er lenkte seine Schritte dorthin, um zu erkunden, was die Ursache des Auflaufes an einem solchen Tage sei. Da sah er, dass auf einer von der Menge umlagerten Anhöhe für einen Verbrecher der Galgen aufgerichtet wurde. Er trat näher, redete die Menge freundlich an und bat, dass ihm der Mann übergeben werde. Wenn es aber notwendig sei, dass dieser Mann zum Tode geführt werde, so möge man das nicht an dem heutigen Tage tun, vielmehr solle man heute zur Kirche gehen und der heiligen Messe beiwohnen.

Der Bischof konnte jedoch keines von beiden von der ungestümen Menge erlangen. Diese überhäufte ihn vielmehr mit Schmähworten. (Jener Ort gehörte nicht zu seinem Sprengel.) Er konnte kaum erreichen, dass er jenem Manne ein wenig Zuspruch zur Buße leiste. Als dies geschehen war, ging der Mann Gottes fort und jener Unglückliche wurde am Galgen erhängt.

Als es nun Abend geworden war und der Bischof sechs Meilen von jenem Orte weitergezogen war, rastete er in einem Gehöft, das Askanthorp (Aschendorf) genannt wurde. Und siehe, jener Mann, der vor Kurzem erhängt worden war, stand vor Ludgerus und fiel zu dessen Füßen nieder.

Alle staunten und wünschten zu wissen, wie es ihm ergangen sei. Er sprach: „Als ich am Galgen in die Höhe gehoben wurde, sah ich zwei Männer von unglaublicher Schönheit zu Seiten des Bischofs daherreiten, die ein wenig mit ihm redeten. Eilig kehrte der eine zurück und legte mir, der ich hing, ich weiß nicht was unter die Füße, sodass ich fest stand und die Qual nicht fühlte. Nachdem meine Henker sich zerstreut hatten und die Sonne zum Untergang sich neigte, nahm er mich vom Galgen herab. Darauf hieß er mich eilends euren Weg verfolgen und dem heiligen Bischofe für das geschenkte Leben, das er selbst, von der Menge missachtet, von Gott erfleht hatte, meinen Dank abstatten."

Die Fürbitte des heiligen Ludger

Aus der engen Beziehung, in welcher Ludgerus zu Emsbüren stand, schreibt sich auch folgende Legende her, die zwischen 1169 und 1173 niedergeschrieben wurde:

Das Gemälde von Albert Baur aus dem Jahr 1901 trägt den Titel „Der heilige Ludgerus predigt an den Ufern der Ems".

Der Gehängte von Meppen in der „Vita Liudgeri".

Ein Mann in Emsbüren konnte wegen der heftigsten Schmerzen weder auf der rechten noch auf der linken Seite liegen. Die Rückenlage war allein noch erträglich. Der Schmerz rieb ihn auf. Da hatte er einst im Traum ein Gesicht, das ihm offenbarte, dass er durch die Verdienste des heiligen Ludgerus geheilt werden könne. Er machte das Gelübde einer Wallfahrt nach Münster. Auf einem Fuhrwerk trat er die Reise an. Schon auf dem Weg fühlte der Kranke ein Jucken in der rechten Seite. Er fuhr mit der Hand dahin und fühlte das Eisen eines Pfeils. Als er es herauszog, folgte Eiter nach. Als derselbe herausgeflossen war, fühlte er sich so wohl, dass er die Reise teils zu Fuß, teils zu Pferde fortsetzen konnte. Er kam nach Münster, hing den Pfeil als Weihegeschenk auf, verrichtete seine Danksagung und kehrte geheilt nach Emsbüren zurück.

Die Gründung der Kirche in Bawinkel

Früher war das Kirchspiel Bokeloh sehr groß. Zu ihm gehörten viele Gemeinden nördlich und südlich der Hase. So auch Bawinkel. Daher mussten alle Einwohner von Bawinkel die neugeborenen Kinder in der Pfarrkirche zu Bokeloh taufen lassen.

In Bawinkel lebte der adelige Herr von Bar. Auch er musste sein neugeborenes Kind in Bokeloh taufen lassen. So ritt er mit ihm im strengen Winter in einer stürmischen Nacht den dreistündigen Weg durch die Moräste des Osterbruches nach Bokeloh, um das Kind am Morgen in der Pfarrkirche taufen zu lassen. Als der Ritter aber gegen Morgen in Bokeloh ankam, war das Kind in seinen Armen tot – es war während der kalten Nacht erfroren. In seinem Schmerz über das tote Kind entschloss sich der Herr von Bar, fortan die weiten, unwegsamen Wege von Bawinkel nach Bokeloh zu meiden. Deshalb gründete er in Bawinkel eine eigene Kirche, aus der dann später die Pfarrkirche von Bawinkel entstanden ist.

Die Bückelter Kapelle

Nach Beendigung der Kreuzzüge im heiligen Land hatte einer der neu gegründeten Orden auch Niederlassungen im Emsland geschaffen. Die älteste Gründung war die zu Esterwegen. In Klosterholte befand sich ein Gut der Johanniter mit Kloster und Kapelle.

In einer dunklen, regnerischen Herbstnacht pochte ein Bote stürmisch an die Klosterpforte. Er brachte die Kunde, dass in Esterwegen das Gotteshaus zerstört und alle Klosterinsassen erschlagen seien. Eiserne Männer waren aus den frie-

Die Kapelle in Bückelte.

sischen Morästen aufgetaucht, hatten bei Nacht das Kloster überfallen und alles zerstört. Mit Entsetzen vernahmen die Ordensritter die schreckliche Kunde. Sie flohen hinaus in die dunkle Nacht auf den Schleichpfaden des Osterbruches und niemand weiß, wo sie geblieben sind. Beim Morgengrauen kamen die eisernen Männer und als sie das Nest ausgeflogen fanden und die kostbare Beute verloren sahen, zerschlugen sie in sinnloser Wut alles und verübten Gräuel an heiliger Stätte. Das Kloster wurde ein Trümmerhaufen und ein Fluch ruhte auf der entweihten Stätte.

Jahre später fand ein verirrter Wanderer dort Unterschlupf. Auf einer zersprungenen Altarstufe bettete er sich zur Ruhe. Da erschien ihm im Traum ein hochgewachsener Ritter in strahlender Rüstung, über der ein weißer Mantel mit rotem Kreuz wallte. Er hörte ihn sprechen: „Sage den Umwohnern des Bruches, sie sollen das Heiligtum wieder aufbauen, aber nicht an dieser Stätte. Das erste Tier, das bei der Kapelle weidet, sollen sie ‚blinddöken' und dann laufen lassen. Wo es sich niederlegt, soll die alte Kapelle neu errichtet werden."

Der fremde Wanderer richtete seinen Auftrag aus. Da versammelten sich die Männer von Klosterholte und Haverbeck, von Bramhar und Bückelte. Als sie zwischen den Trümmern einen Ochsen weiden sahen, banden sie ihm ein Tuch über die Augen, gaben ihm einen Schlag mit der Peitsche und folgten ihm von fern. Geraden Weges zog das Tier nach Bückelte und ließ sich dort auf einer Anhöhe nieder, wo früher ein heidnischer Opferaltar gestanden hatte. Dort wurde nun die Kapelle neu errichtet und hier steht sie noch heute seit dem Jahre 1508 auf dem Kapellenberg.

Einer gegen alle – ein Konfessionsstreit in Schale

Die Bauern in Schale, einem Dorfe des Amtes Freren, pflegten schon zu Zeiten der Reformation ihre Angelegenheiten auf dem Bauerntag zu beraten und nach den dort gefassten Beschlüssen gemeinsam zu handeln. Entscheidenden Einfluss auf ihre Beschlüsse hatte lange Zeit ein Bauer aus ihrer Mitte gehabt, der Kolon Dresselhaus. Derselbe war aus der Fremde zugezogen und hatte seinem vielbewegten Leben dadurch einen günstigen Abschluss gegeben, dass er die Erbtochter von Dresselhaus' Hof heiratete und dadurch mit dem Hof Dresselhaus zugleich den Namen Dresselhaus erhielt. Sein Übergewicht auf dem Bauerntag machte ihn aber übermütig und verleitete ihn, aus der allen gemeinsamen Mark eine Fläche nach der anderen einzuwallen und seinem Hof beizulegen. Den ersten Einwallungen hatten die Bauern nicht widersprochen, denn sie hatten selbst kein vollständig reines Gewissen. Als aber die Einwallungen einen solchen Umfang angenommen hatten, dass sie die Schafweide zu beeinträchtigen drohten, erhoben sie Klage auf dem Hölting und nach dem Spruch des Markenrichters musste der Kolon Dresselhaus alle Einwallungen wieder beseitigen. Darüber zürnte er den Bauern sehr und hielt sich von nun an fern von den Bauerntagen der Gemeinde.

Die Bauern vermissten ihn nur ungern in ihren Versammlungen, denn er hatte auf seinen früheren Streifzügen manche Erfahrung gesammelt und wusste in schwierigen Tagen, wo keiner sonst den richtigen Ausweg zu finden vermochte, manchen guten Rat zu erteilen, der den Beifall aller fand und von allen befolgt wurde. Solch ein schwieriger Fall lag nun wieder auf dem Bauerntag vor. Die neue Glaubenslehre war in das Land gedrungen und die Bauern wussten nicht, wie sie sich entscheiden sollten. Die Entscheidung wurde dadurch besonders schwierig, dass der Pastor zur neueren Lehre übergetreten war, der Kaplan und der Vikar, die auch in großem Ansehen bei der Gemeinde standen, aber treu an der alten Lehre festhielten. Die Bauern berieten lange, konnten aber zu keinem Entschluss kommen, ob sie dem Pastor oder dem Kaplan folgen sollten. Als sie sich in dieser großen Verlegenheit befanden, sahen sie in der Ferne den Kolonen Dresselhaus vorübergehen und beschlossen nun, ihm die Entscheidung zu überlassen und alle seinem Beispiel zu folgen und sich für den auszusprechen, für den er sich aussprechen würde. Es kostete einige Mühe, den alten Dresselhaus zum Betreten der Versammlung zu bewegen. Endlich kam er aber doch, wenngleich in seinen Zügen recht deutlich noch die Fortdauer des alten Zornes zu lesen war. Der schwierige Fall wurde ihm vorgetragen und er gebeten zu erklären, wem er beitreten wolle, dem Pastor oder dem Kaplan, da seinem Beispiel das ganze Dorf folgen wolle. Alle erwarteten gespannt seinen Ausspruch. Ein boshaftes Lächeln umspielte seinen Mund, als er Folgendes sagte: „Wenn ihr dem Pastor folgt, folge ich dem Kaplan, folgt ihr aber dem Kaplan, folge ich dem Pastor." Sprach's und ging. Nur langsam erholten die Bauern sich von ihrer Überraschung. Endlich gelang es ihnen doch und sie fassten einen Beschluss, der sie gleich anfangs aus der Verlegenheit hätte retten können. Sie ließen das Los entscheiden und dieses entschied für den Pastor. Seit jener Zeit sind sämtliche Kolonen des Dorfes Schale im Amte Freren bis auf den heutigen Tag lutherisch, nur das Kolonat Dresselhaus ist auch heute noch katholisch.

Die Übernahme der Kirche in Lengerich

Aus der Zeit der langanhaltenden Auseinandersetzungen zwischen Katholiken und Protestanten gibt Bernhard Anton Goldschmidt in seiner „Geschichte der Grafschaft Lingen und ihres Kirchenwesens insbesondere" folgende Überlieferung über die Übernahme der Kirche in Lengerich durch oranische Krieger wieder:

„Auch militärische Gewalt wurde angewandt, so z. B. nach alter Sage zu Lengerich. Eine sogenannte Corporalschaft aus Coeverden, heißt es, kam am Sonntage während des Hochamtes an und drang mit aufgepflanzten Bajonetten in die Kirche, sodass der Pastor kaum noch Zeit gewann, vom Altare weg in die Sakristei zu fliehen und sich abzuschließen; wonach die Soldaten die Türe derselben mit Äxten einzuschlagen versuchten und als dies nicht gelang, sonst noch in der Kirche an den Prozessionsfahnen und dergleichen Zerstörungen anrichteten. Der Pastor soll diesen Sturm und seine Flucht schon geahnt und am Sonntage vorher seine Pfarrkinder von der Kanzel ermahnt haben, ihm zum Gottesdienste auf jenen Fall ins Ausland zu folgen.

[...] Die Sakristeitür mit den Spuren von 17 scharfen und 19 stumpfen Axthieben soll bis gegen Ende des vorigen Jahrhunderts noch vorhanden gewesen und damals ein katholischer Schreiner, nach der Erzählung seines jetzt (1848) noch lebenden Lehrlings, beauftragt gewesen sein, diese Tür umzuarbeiten, sich aber zur Entfernung dieses Denkmals nicht habe verstehen wollen, weshalb ein reformierter Tischler dazu genommen werden musste."

An anderer Stelle berichtet die Chronik über protestantische Söldner, die in katholischen Gegenden Wegekreuze und Heiligenbilder schändeten und dabei zu Tode kamen: „An dem

Wege von Baccum nach Thuine stand ein großes hölzernes Kreuz, welches ein holländischer Soldat umwerfen wollte. Als er dieses nicht vermochte, hing er sich mit dem einen Arme an den Querbalken des Kreuzes und rüttelte an dem Bilde des Heilands, um es abzureißen. Der Querbalken löste sich, der Soldat stürzte zu Boden und zerbrach das Genick." (nach J. C. Möller: Geschichte der vormaligen Grafschaft Lingen, 1874)

Das Marienbild in Salzbergen

In der Pfarrkirche zu Salzbergen befindet sich ein Muttergottesbild aus dem 15. Jahrhundert, das früher sehr verehrt wurde. Über seinen Ursprung wird Folgendes berichtet:

Zwei Brüder, Klüner (Klüsener) mit Namen, hatten der Mutter Gottes eine Wallfahrt nach Jerusalem gelobt und sie auch angetreten. Auf dem Rückweg aber erkrankte der eine von ihnen und wurde von seinem Bruder in einer öden, menschenleeren Gegend dem Tode nahe zurückgelassen. Als er aus einer Ohnmacht wieder erwachte und so verlassen dalag, hörte er plötzlich in seiner Nähe eine zarte Stimme, die ihm zurief: „Nimm mich mit!" Er schaute nach der Seite und bemerkte ein Muttergottesbild, das er an sich zog. Inbrünstig flehte er die heilige Jungfrau um Hilfe und Rettung an; dann schlief er ein, das Madonnenbild im Arm.

Wie aber erstaunte er, als er wieder erwachte! Denn er befand sich nicht mehr in fernem, fremdem Land, sondern in seiner Heimat, am Ufer (Stickelover) der Ems; neben ihm ruhte das Muttergottesbild. Gesund und frohen Herzens betrat er das Elternhaus, wo er den aufs Höchste erstaunten Hausgenossen die seltsame Begebenheit erzählte. Das wundertätige Bild aber wurde der Pfarrkirche in Salzbergen gewidmet, in der es noch jetzt zu sehen ist. Es führt den Namen Klüners Muttergottes.

Eine andere Sage berichtet, dass der gerettete Pilger das Bild zuerst dem Kloster Rheine gewidmet habe, von dort sei es aber dreimal in sein Haus zurückgekehrt. Darauf habe er es der Kirche in Salzbergen geschenkt.

Die versunkene Glocke

Vor langer Zeit hing in der Rheder Kirche eine Glocke, die einen so schönen Klang hatte, dass alle Menschen, die ihn hörten, voller Andacht waren und dem reinen und vollen Ton folgten. Das erweckte großen Neid bei den Bewohnern einer anderen Ortschaft.

Eines Nachts kam ein Schiff wie ein dunkler Schatten gespenstisch still die Ems heraufgefahren und legte bei Rhede an. Finstere Gestalten entstiegen ihm.

Mit dicken Tauen beladen schlichen sie sich zur Kirche. Im Dorf schlief alles, nur im Nachbargehöft schlug ein Hund an. Dann war Totenstille.

Oben im Turm der Kirche wurde die Glocke aus ihrem Stuhl gehoben. Sacht glitt sie den Turm hinunter, von starken Tauen gehalten, die durch schwielige Männerfäuste glitten. Dann stürzten die Seile nach und schlugen schwer auf dem feuchten Sand auf. Vorsichtig kletterten die Männer wieder vom Turm herunter, kein Wort fiel von ihren Lippen.

Dann wurde gerollt, geschoben, gezogen bis zur nahen Ems, und schließlich ruhte die geraubte Glocke sicher und geborgen im düsteren Schiff. Die Fahrt nach Norden begann und schnell trieb die starke Strömung das Fahrzeug. Doch plötzlich zogen von Westen finstere Wolken herauf. Sturm setzte ein und raste über das Wasser. In pechschwarzer Nacht trieb das Schiff steuerlos auf den Wellen. Dann ein gewaltiger Stoß und durch viele Risse drang Wasser in das leckgeschlagene Schiff. Es sank mit Mann und Maus. Eine Stunde später lag silbernes Mondlicht still und friedlich auf den nun wieder sanften Wellen des Flusses. Nichts verriet die Stelle, an der sich soeben das furchtbare Gottesgericht vollzogen hatte.

Nur in der Weihnachtsnacht läutet die versunkene Glocke. Wer dann von Rhede aus die Ems hinuntergeht, kann sie unterhalb von Nenndorf klingen hören. Dumpf, doch rein und voll kämpfen sich die Töne aus den kalten Wassern.

Mit der Zugehörigkeit des Amtes Meppen zum Hochstift Münster verbindet sich die Sage um die Frau von Mundelo. Diese hieß eigentlich Gräfin Jutta von Ravensberg und gehörte im 13. Jahrhundert einer der mächtigsten Dynastien Nordwestdeutschlands an. 1238 sollte ihre Heirat mit Heinrich von Tecklenburg der langjährigen Fehde der beiden Adelsgeschlechter ein Ende bereiten. Heinrich starb jedoch schon bald nach der Hochzeit, ohne einen Erben hinterlassen zu haben. Jutta dagegen heiratete 1250 den Grafen Heinrich von Montoije (Monschau) und verkaufte kurz darauf die gesamten Ravensberger Besitzungen im Emsland, in Friesland und Vechta an den Bischof von Münster. Als Frau von Mundelo ist sie in den Sagen dieser Regionen lebendig geblieben.

Frau von Mundelo

Als Frau von Mundelo residierte die letzte Herrin des Emslandes teils auf ihrem Schloss neben der Herrenwiese bei Meppen, teils in Vechta. Von der Burg Haren an der Ems aus verwüstete der Raubritter Schwarzenburg die umliegenden Dörfer. Da Jutta dem frechen Räuber gegenüber wehrlos war, wandte sie sich an ihren nächsten Nachbarn, den Bischof von Osnabrück, um Hilfe. Der Osnabrücker aber versagte seinen Schutz. Da meinte die Gräfin: „Will Peter nicht, so wird Paul wollen“ und ging zum Bischof von Münster. St. Peter ist bekanntlich

Die Gräfinnen Sophia und Jutta von Ravensberg nach einem Gemälde im Pastorat zu Bersenbrück, um 1722.

der Patron des Doms zu Osnabrück, St. Paul dagegen der des Bischofssitzes zu Münster. Der Bischof von Münster war zuvorkommender als sein geistlicher Bruder und hob das Raubnest aus. Aus Dankbarkeit verehrte die Gräfin ihm Heide und Holz an der Radde nördlich von Meppen, das seitdem Papenbusch heißt. Die Bürger von Meppen, die wacker mitgefochten hatten, erhielten die Herrenwiese als Kälberweide. Da indessen Jutta bald einsah, dass in den schwierigen Zeiten das Land eine kräftige Männerhand nötig habe, verkaufte sie dem Bischof ihren ganzen Besitz im Emsland und auf dem Hümmling.

XI

Von Orten und Namen

Im Emsland wie auch in anderen Regionen verknüpfen sich viele Sagen mit dem Namen bestimmter Orte, Fluren und Häuser. Mal auf ernsthafte Weise, mal mit einem deutlichen Augenzwinkern versuchen sie Bezeichnungen zu erklären, deren Ursprung sich scheinbar nicht mehr zurückverfolgen lässt. Die eher volksetymologischen Auslegungen sind zumeist urkundlich nicht zu belegen. Sie zeugen in ihrer Lebendigkeit jedoch vom Fantasiereichtum der früheren Generationen und haben sich wohl gerade deshalb in der volkstümlichen Überlieferung besser erhalten als so manche wissenschaftliche Erläuterung aus jüngerer Zeit.

Wie aus Goldenstadt Aschendorf wurde

An der Stelle, wo heute die Ortschaft Aschendorf liegt, befand sich ehemals eine große Handelsstadt, genannt Goldenstadt . Bis zu diesem Ort war die Emsschifffahrt für die Seeschiffe offen. So kam es, dass bald Reichtum in die Häuser zog. Mit der Ansammlung des Mammons wuchs aber auch die Begier nach Luxus und Lustbarkeiten bei den Bewohnern. Immer mehr wurden sie durch den Geldteufel vom rechten Wege abgelenkt. Die Kirche war an Sonntagen leer, die Wirtshäuser überfüllt.

Da brach das Strafgericht Gottes herein. Ein großer Brand zerstörte die Stadt. Es blieb buchstäblich kein Stein auf dem anderen. Die Bewohner konnten nur das nackte Leben retten. Der ganze Reichtum fiel dem wütenden Element zum Opfer.

Am Tag darauf ritt ein Herold mit einer mächtigen Posaune in der Hand durch die Aschenhaufen. Dort, wo einst der Marktplatz gewesen war, blieb er stehen, stieß dreimal in sein Horn und rief darauf mit mächtiger Stimme: „Fortan soll hier keine große Handelsstadt mehr stehen, sondern nur ein Dorf. Und nicht Goldenstadt, sondern Aschendorf soll die Stätte benannt sein!“ Und tatsächlich erinnert heute nichts mehr als der Name der Ortschaft an die frühere große Stadt.

Die Sage von der Entstehung des Namens Aschendorf wird jedoch ganz verschieden erzählt. Häufig hört man auch folgende Variante:

Als in Goldenstadt, dem heutigen Aschendorf, das Christentum eingeführt wurde, gingen die Leute nach Bokeloh zum Gottesdienst. Dort stand die erste und für viele Jahre einzige Kirche des Emslandes. Auf dem weiten Wege wurde in Lathen Station gemacht und Proviant für die Heimreise zurückgelassen. Daher erhielt Lathen seinen Namen (taurügge laoten).

Einmal waren die frommen Männer und Frauen, die den weiten, beschwerlichen Gang machen konnten, wieder zum Gotteshause gewandert. Da brach eine wilde Horde in das ungeschützte Goldenstadt ein, mordete Kinder und Greise und ließ die Häuser in Flammen aufgehen. Als in der Nacht die stillen Beter zurückkehrten, schaute der Mond friedlich milde auf den wüsten Trümmerhaufen – und so sahen sie, die früh morgens vor der aufgehenden Sonne ihr Heim verlassen hatten, statt der sauberen Häuserreihen das düstere, blutige Bild der Zerstörung. Da hub ein lautes Klagen und Jammern an: „O Goldenstadt, o Goldenstadt, nun liegst du ganz in Asche dort!"

Was an der Sage geschichtlich ist, lässt sich nicht nachprüfen. Vielleicht wurde Aschendorf vor vielen hundert Jahren von einem großen Brand heimgesucht, doch seinen Namen erhielt es davon nicht.

Die Gründung Papenburgs

Vor alten Zeiten war der Dollart noch kein Wasser, sondern Festland und wo jetzt das gute Fahrwasser ist, stand ein Dorf mit Namen Loge. Als der Pastor – Papo hieß er – einmal in der Nacht zu einem Sterbenden ging, fand er an einem Heerweg eine kranke Frau mit einem kleinen Kind. Die Frau sagte, ihr Mann sei im Kriege totgeschlagen worden und das Kind habe niemanden in der ganzen Welt außer ihr; dann starb sie. Der Pastor wickelte das Kind in seine Heike und trug es in sein Haus. Es hieß Tetta und wurde groß und schön. Es hatte die Art von Augen, die Vorgeschichten sehen können, und selbst die Leute, die vor der Kirche und bei Leichenmessen und Hochzeiten über sie und ihre Gabe lachten, fürchteten sich doch im Stillen vor ihr.

Wenn der Mond voll war, dann schlief Tetta nicht. Denn sie sah im Geiste, wie die See an den Deichen emporstieg und dann ins Land stürzte und an die Häuser schlug, dass sie zusammenfielen, und wie die Flut die Erde aufwühlte, dass sie die Toten wieder hergab, die längst zugedeckt waren. Es kam immer mehr Wasser und endlich war da keine Erde mehr; nur das Kreuz des Kirchturms war noch zu sehen und todblasse Menschen, die sich an ein Brett klammerten und vom Strom wie welke Blätter fortgerissen wurden, und Leichen, die sich an Leichen klammerten und nicht mehr losließen – und kleine

Mit Schiffen retteten sich die späteren Bewohner Papenburgs der Sage nach die Ems herauf. Das Foto zeigt ein Segelschiff in der Unterems bei Papenburg, um 1875.

Kinder, die ihre Ärmchen aus den Wellen streckten, und es gab keinen, der sie retten konnte. So sah Tetta jahrelang voraus, was kommen sollte – aber die Leute glaubten ihr nicht, wenn sie sie warnte. Sie sprachen: Tetta ist dumm und dabei blieb es.

Als eines Allerheiligentages zum Hochamt geläutet wurde, da kam Tetta mit einem Eimer aus der Tür und ließ ihn zum Wasserschöpfen in den Brunnen hinab. Als sie den Eimer wieder heraufzog, schwamm ein lebendiger Hering darin. Als Papo dieses Zeichen sah, rief er: „Loge wird untergehen!" Er und viele andere luden ihr Gut in Schiffe und fuhren die Ems herauf. Sie gruben den Kanal durch das Moor und bauten Papenburg auf. Die, welche in Loge blieben, gingen unter, wie Tetta vorausgesehen hatte.

Wie der Name Bexten entstanden ist

Einst flog der Teufel mit einem Sack voller Menschen über die Gegend des heutigen Bexten. Er wollte sie mit zur Hölle nehmen. Doch die Menschen waren listiger als der Böse. Sie rissen ein Loch in den Sack und einer nach dem anderen sprang heraus. Im Nu war der Teufelssack leer. Der Teufel blickte sich um und sah gerade noch, wie der letzte der Menschen unten auf der Erde anlangte. In ohnmächtiger Wut rief er ihnen nach: „Bliv liggen, i Blixum!“ Wie ein gewaltiger Donner durchhallte der Teufelsfluch die Luft. Erleichtert atmeten die Menschen auf, als sie sahen, dass der böse Geist seinen Flug durch die Lüfte fortsetzte. An einem Bach erbauten sie sich Häuser und nannten ihre Siedlung Blixum. Da aber der neue Ortsname sie nur allzu sehr an den Teufelsfluch erinnerte, änderten sie den Namen in Bexten um, das soviel heißt wie Bachsitz oder Siedlung am Bach.

Im Volksmund aber hat sich das Teufelswort bis auf den heutigen Tag erhalten. Und wenn der Bextener Bauer ein besonderes Kraftwort braucht, dann entfährt seinem Munde jenes Teufelswort „Blixum“ und es ist, als ob der Nachhall des ersten Donners das Wort begleitet.

Das Sprickerhäupken im Mehringer Wald

Von Mehringen sowie vom ganzen Kirchspiel Emsbüren und aus dem ganzen Emsland wallfahrte man in früheren Zeiten eifrig zu den Heiligtümern in Münster und Telgte. Die emsländischen Wallfahrer kamen durch Mehringen häufig in großen Pilgerscharen, jeder mit einem Bündel, worin sich Speck, Brot und eine Dose mit Butter befanden. Bei den Mehringer Hünensteinen aber lenkten die Pilger von dem breiten, bequemen, geraden, auf Salzbergen führenden Napoleonsdamm ab und nahmen einen Umweg durch den Mehringer Wald. Dort soll einst ein Nachzügler von einem Wildeber zerrissen worden sein. Viele, viele Jahre hindurch, bis etwa zum Jahre 1860, fand man an einer bestimmten Stelle des Mehringer Waldes in einer kleinen Vertiefung einen Haufen Reisig und Holzstückchen, das sogenannte Sprickerhäupken, aufgeschichtet von den Pilgern als ein Zeichen des Weihe- oder Opferfeuers für ihren verunglückten Fahrtgenossen. Niemand ging hier vorüber, der nicht vorher einige Holzreiser aufgesammelt und in diese Kuhle hineingeworfen hatte. So oft auch diese Zweige von Holzsammlern aus Salzbergen als willkommene Beute mitgenommen wurden – immer lagen sie wieder in Fülle da. Der Aberglaube in dieser Zeit war so stark, dass man ein Unglück befürchtete, wenn man diesen alten Brauch nicht ausführte. Es wurde damals als sicher angenommen, dass dort geopfert werden müsse, andernfalls würde der achtlos Vorübergehende in diesem und in jenem Leben vom Unglück verfolgt werden.

Rektor August Sander aus Hannover erzählte die Sage über das „Sprickerhäufchen“ im „Sonntags-Plauderer“, dem Unterhaltungsblatt der „Osnabrücker Volkszeitung“, vom 8. Februar 1920 auf folgende Weise:

„Vor Zeiten, als es noch der Wildschweine mehr und der Wanderer weniger waren, zog ein Amsivarier von Salzbergen gen Büren. Beim Eintritt in das düstere Vorgehölz des Mehringer Waldes überfiel ihn ein Rudel Schwarzkittel. Röchelnd fegten sie hinter seinem Dackel her und gingen nun auch auf ihn los. An Gegenwehr war nicht zu denken. Er rettete sich auf einen vielästigen Baum und war so in Sicherheit. Nicht aber sein Reisegefährte, der kleine Hund. Den hetzten sie nun immer rund um den Baum herum. Er konnte sich besser drehen als das steife Borstenvieh, aber bald musste doch die Sache ein schlimmes Ende nehmen. Das schnitt dem Herrn in die Seele und er entschloss sich, den Hund zu sich auf den Baum zu ziehen. Er stieg von Ast zu Ast abwärts, beugte sich herunter und wollte den Hund in die Höhe reißen, da packten die Bestien ihn selber, erwischten ihn am Ärmel – und da war's aus mit ihm. Mitleidige Herzen warfen später immer wieder ein grünes Zweiglein auf die dürre Unglücksstätte und sandten ihm wohl auch etwas in die Ewigkeit nach, was mehr Wert hat als ein Gedenken.

Ich hab's wohl noch gekannt in früheren Zeiten, so vor 24 oder 25 Jahren. Doch die Messkette, dieses Henkersseil aller Romantik, verlegte den vorbeiführenden Weg und die Thomasschlacke und die Ödlandkultivierung haben vollends dieses Sprickerhäufchen und die zugehörige Sage in Vergessenheit untertauchen lassen. Kein Jägersmann legt noch einen frischen Bruch hierher; niemand weiß noch das Grübchen!"

Die Woltershöge

Als das Emsland noch sein ursprüngliches Gesicht hatte – es war vor vielen, vielen Jahren –, standen drei Schäfer mit ihren Herden in der Gegend von Holsten, Varenrode und Venhaus, dort, wo heute der Kanal dieses Gebiet durchschneidet, und politisierten. Besonders auf das Regime des Herzogs, der in der Nachbarschaft residierte, hatten sie es abgesehen, denn es passte ihnen nicht, dass es so streng verboten war, Hasenschlingen zu stellen – bisher eine gute und bequeme Einnahmequelle für die Schäfer.

Der lange Hinnerk meinte, dass es doch unerhört sei, wenn verlangt werde, man solle das Wild im Winter füttern, da es doch im Sommer und Herbst so manche Felder vernichte. Wolters, der Spaßvogel unter den Schäfern, der immer lustig und freundlich war, auch wenn es den ganzen Tag vom Himmel goss, fügte ganz bedenklich hinzu, dass dem herzoglichen Regime die Krone der Unverschämtheit dadurch aufgesetzt werde, dass man diejenigen, die Hasen in Schlingen fingen, kurzerhand und ohne Erbarmen an den Strang hänge.

So waren die Schäfer an das Kapitel „Erhängen" gekommen. Sie diskutierten besonders darüber, wie lange wohl ein Schäfer von der Ems am Strang hängen könne. Die Meinungen gingen auseinander und es war keine Einigung in dieser

Angelegenheit zu erzielen. Es blieb weiter nichts übrig, als dass man die strittige Frage praktisch löste.

Ein Strang wurde also besorgt und das Aufhängen geübt. Mitten während der Übung sahen plötzlich die beiden anderen Schäfer einen großen Wolf in die Herde einschlagen, sie liefen sofort hin und vergaßen in ihrem Eifer ganz, den Wolters, der gerade „hing", loszubinden. Kaum hatten die beiden den Wolf vertrieben, da fiel ihnen ein, dass Wolters ja immer noch baumelte. Im schnellsten Lauf kamen sie zurück, aber oh Schrecken, wie sah der Wolters, der immer lachende Schäfer, jetzt aus! Der lange Hinnerk rief ihm schon von Weitem zum Trost zu: „Wolters, schimpe nich, de Schaope, dei de Wolf häff, sind nich diene!" Doch Wolters kümmerte sich nicht mehr um die tröstenden Worte Hinnerks, er war ungewollt und ohne Richterspruch erhängt. Seitdem heißt der Hügel, auf dem Wolters sein Leben ließ, die „Woltershöge".

De Goldene Lisbeth

Vördüssen, as dat Emsland noch to dat Könikriek Hannower hörde, kam eenmaol de Könik sölwst an de Ems langes un dann bis Tinnen. He hadde groten Hunger un göng in en Hus, dat lag an den Weg tüsken Tinnen un Kellerberg. He förderde wat to äten un to drinken un fraog' de Frau naoh ehren Namen. Se segg: „Ick heete van Lisbeth!" Dann smeerde se em 'n paor grote Schinkenbotterbröde un sett' 'n Kümpken Melk doto. De Herr vertehrde et mit groten Aptit. Lisbeth owerlegde: „De süht ut, as wenn he wal good betahlen kann." Dor legde de Könik en Geldstück up de Taofel un bedankde sick för dat leckere Äten. „Holt!", segg Lisbeth, „dat is nich genog! Ick mott mehr Geld häbben!" De Könik kreeg 'n Goldstück ut siene Taske un gaw et Lisbeth. Dobie segg he: „To 'n Andenken an düt Goldstück schall düt Hus van vandage an den Namen ‚De goldene Lisbeth' drägen." Un so is dat bleewen!

XII

Von Kämpfen und Kriegen

Kriege und feindliche Auseinandersetzungen blieben vielerorts lange in der kollektiven Erinnerung verankert. Im Emsland sind es vor allem der Spanisch-Niederländische (1568–1648) und der Dreißigjährige Krieg (1616–1648), aus denen sich alte Überlieferungen erhalten haben. Besonders Meppen und Haselünne hatten unter den wechselnden Eroberern zu leiden, welche die Städte immer wieder von Neuem plünderten und brandschatzten. Aber auch die zahlreichen Gräueltaten an der Landbevölkerung, die man hauptsächlich schwedischen Soldaten anlastet, nehmen einen breiten Raum in der Sagenwelt ein. Obwohl auch spanische, holländische und deutsche Truppen gewaltsam gegen die Zivilbevölkerung vorgingen, bildet der „schwedische Soldat" in den Überlieferungen den Inbegriff des protestantischen Söldners, der die katholische Landbevölkerung im Emsland drangsaliert. Auch die „Schwedensteine", zwei Kreuzsteine in Beesten, und die „Schwedenschanze" in Lingen sollen daran erinnern, obwohl schwedische Söldner dort nie besonders in Erscheinung getreten sind. Dass unter den zahlreichen Kriegsvölkern namentlich die Schweden immer wieder genannt werden, darf wohl auf gegenreformatorischen Einfluss von katholischer Seite zurückgeführt werden. Auch in anderen Gegenden Deutschlands sind „Schwedensagen" sehr verbreitet.

Berüchtigt waren später im 18. Jahrhundert auch die preußischen Soldatenwerber, die Griepers, die junge, wehrhafte Männer aus dem Emsland für den Soldatendienst anwerben sollten und dabei der Sage nach mit List und Heimtücke vorgingen.

Der schwedische Offizier in Haselünne

Als im Dreißigjährigen Krieg die Schweden in Haselünne von den Kaiserlichen belagert wurden, führte ein schwedischer Oberst in der Stadt das Regiment, der bei seinen Leuten ebenso verhasst wie von den Bürgern gefürchtet war. Eines Abends wollte er auf den Festungswällen nachsehen, ob auch die Wachtposten ihre Pflicht täten. Um die Soldaten zu überraschen, kroch er auf allen Vieren wie ein Hund und hatte sich ein Fell umgehängt. Als er bei einem Wachtposten angekommen war, schrie er plötzlich: „Die Parole!" und sprang empor. Die Umstehenden waren starr vor Schrecken. Im Dunkel der Nacht glaubten sie, einen wirklichen Hund oder gar einen Geist vor sich zu haben.

Haselünne nach einem Kupferstich von Matthäus Merian in der „Topographia Germaniae", 1647.

Einer der Wachtposten aber ging auf das vermeintliche Tier zu und sagte: „Bist du ein Hund, so bleibe ein Hund bis an den jüngsten Tag!" Dabei gab er einen Schuss ab. Der Oberst, schwer getroffen, starb. Er wurde unter einem großen Stein auf dem Haselünner Marktplatz begraben. Aber er fand im Grab keine Ruhe. Jeden Abend nach Einbruch der Dämmerung kommt er als großer schwarzer Hund hervor und rennt mit rasselnder Kette durch die Straßen, Gärten und Felder.

Der Schmied von Esterwegen befreit die Festung Meppen

Es war während des Dreißigjährigen Krieges, zu jener Zeit, als die Schweden die Festung Meppen besetzt hielten. Eines Tages trat in das Zelt des kaiserlichen Rittmeisters Hagedorn, der die Befreiung Meppens von den Schweden unter Dodo zu Inn- und Kniphausen vorbereitete, ein baumlanger Kerl. Der Werbeoffizier, der den Rekruten hereingeschickt hatte, kam nach und stellte ihn als Punder Jürgen vor, den Schmied von Esterwegen. Ein Blick des Rittmeisters auf die Länge des Hümmlingers und er lachte dröhnend: „Für den Goliath haben wir ja kein Pferd!" „Aber eine Sturmleiter und einen Hammer gewiss", entgegnete der Schmied von Esterwegen, „ich schlage damit das Burgtor von Meppen ein!" Der kriegslustige Mann wurde angeworben.

Tags davor noch stand Punder Jürgen oben im Dorf Esterwegen, abseits jeder Straße, hinter dem Börgerwald und schlug den Amboss voller Wut, dass die Funken ihm die Augen versengten. Wenn er an die Wübbke dachte, fiel sein Schlag wuchtiger, wütender. Punder Jürgen dachte mit Ingrimm an den hochmütigen großen Bauern, der ihm, dem jungen Schmied mit der starken

Hand, aber wenig Land, die einzige Tochter versagte. ‚Buernstolt geiht äöwer Kavaleernstolt', dachte er.

Seit dem letzten Rheder Markt waren sich Jürgen und Wübbke einig. Aber seit einigen Tagen war das Mädchen verschwunden und ihre Spur führte den nachforschenden Schmied nach Meppen, wo Jensen Bauer Bürgerverwandte hatte. Doch Jürgen konnte seine Wübbke nicht holen: Die Schweden saßen in der Stadt. Deshalb hatte er sich von einem der Werbeoffiziere, die in diesen Tagen haufenweise auf der Suche nach jungen Soldaten durch den Hümmling streiften, anwerben lassen.

Dann kam die Nacht, in der Meppen von den Schweden befreit werden sollte. Es war eine düstere Nacht, der Nordwind fegte über die kaiserlichen Soldaten in den Sanddünen des Flusses, als sie sich zum Sturm wappneten. Plötzlich sah man auf dem Festungswall Laternenlicht. Die Soldaten, bestürzt und erregt, befürchteten schon Verrat ihres heimlichen Unternehmens. Doch der Rittmeister beruhigte sie. Punder Jürgen brachte von vorn die Aufklärung: Ein Offizier hatte nur die Wache untersucht. Das Licht entfernte sich wieder, verschwand.

Die Turmuhr schlug eins. Da erging das Kommando zum Vorgehen. Der lange kühne Hümmlinger führte den Stoßtrupp mit Sturmleitern, Äxten und schweren Hämmern zum Sprengen der Tore. Die Abteilung kam an die Hase, ging geräuschlos durch das Wasser und stand an der Hornschanze. Die Wache schien nichts zu bemerken. Nun kam das schwerste Hindernis: Graben und Wall der Festung.

Jürgen ließ seine Leute zwischen Hase und Graben zurück, ließ sich in den Graben hinunter und kletterte auf den Wall. Das hörte die Schildwache und rief ihn an. Doch der Schmied von Esterwegen ließ sich nicht bange machen. Geistesgegenwärtig rief er dem Posten vom Rande des Grabens zu: „Swig doch still, Kerl, ik fiske ja man bloß, schast dien Portion auk affhebben!" Im nächsten Augenblick trat er kaltblütig zur Schildwache, als ob er dem Soldaten den gefangenen Fisch zeigen wolle, und schlug ihn nieder.

Inzwischen waren Punders Leute nachgekommen und überwältigten die ganze Wache. Mit Punder Jürgen an der Spitze stürmten sie zum Hasetor, das der Hümmlinger mit seinem mächtigen Hammer einschlug. Nachdem sie die Fallbrücke gelöst hatten, konnten die Kaiserlichen in die Festung Meppen eindringen und die Schweden niederwerfen.

Doch als der Kampf noch am heftigsten um das Rathaus tobte, war Punder Jürgen bereits auf dem Weg zu Ohm Hinnerks Haus, wo er Wübbke vermutete. Behände sprang er durch die Burgstraße. Doch als er sich dem Haus näherte, erschrak er. Aus dem Fenster erklangen Hilferufe, Lärm und Geschrei erfüllten den Flur. Mit einem Satz war Punder in der Haustür, gerade noch zur rechten Zeit, um Ohm Hinnerk und Wübbke aus den Händen von drei betrunkenen Schweden zu befreien. Mit einem Schlag warf Punder sie zu Boden.

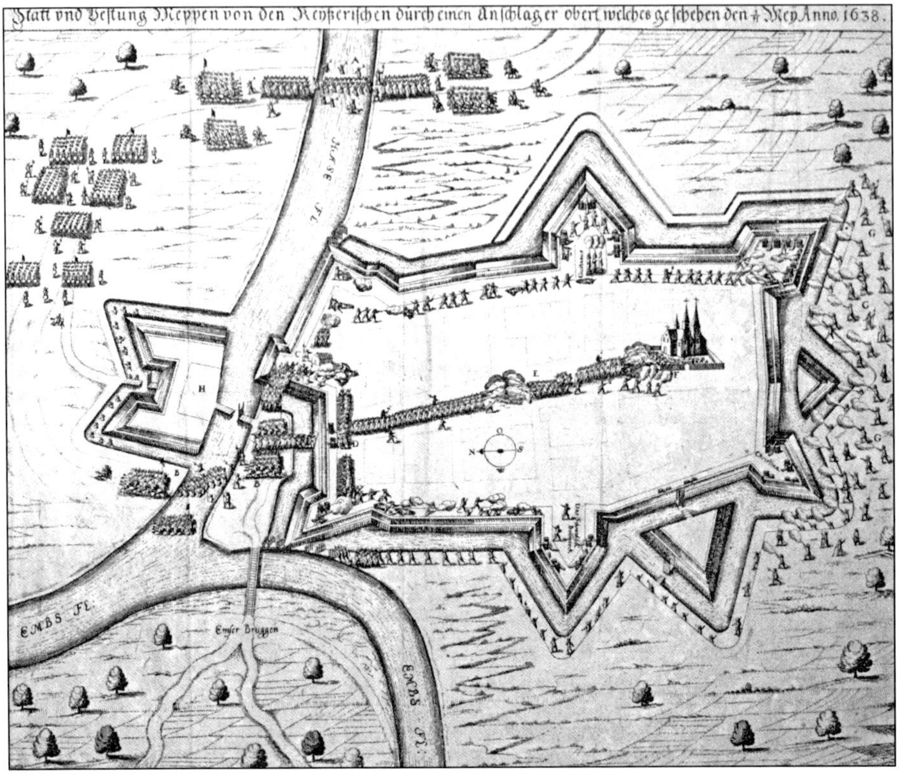

Einnahme der Festung Meppen durch kaiserliche Truppen 1638. Der Kupferstich stammt aus dem „Theatrum Europaeum“ von Matthäus Merian.

Mit ausgedehnten Gelagen feierten die Kaiserlichen ihren Sieg über die Schweden. Punder Jürgen aber, jetzt Leutnant Jürgen zum Lobe seiner Bravour, zog stolz und glücklich über die Emsbrücke seiner Heimat zu, neben ihm seine glückliche Braut, die dem Vater den nun willkommenen Freier zuführte. Ohm Hinnerk sah ihnen lächelnd sinnend nach. Er hatte es nicht mehr nötig, für die beiden den „Dögesmann“ zu spielen bei dem Alten. Der Junge brauchte nun keinen Brautwerber mehr.

Einige historische Sagen knüpfen an lokale Geschehnisse an, die sich zum Teil auch in den archivalischen Quellen nachweisen lassen. In einer handschriftlichen Sagensammlung aus Lengerich aus den Dreißigerjahren des 19. Jahrhunderts sind zahlreiche solcher mündlichen Berichte festgehalten. Die spektakulärste Erzählung darin schildert den gewaltsamen Tod des in niederländischen Diensten kämpfenden Obristen Sigismund von Kurtzbach in Lengerich am Silvestertag 1579. Hier wird er jedoch mit den schwedischen Besatzern in Verbindung gebracht.

Die Schweden im Lingener Raum

Im Dreißigjährigen Krieg, als die Grafschaft Lingen bald von einem und bald vom anderen feindlichen Volk besetzt war, sind auch die Schweden hierher gekommen und haben die Grafschaft vom Jahre 1630 bis 1632 besetzt.

Die Schweden mit ihren Anführern sollen sich hier im Lingischen, besonders in Lengerich, sehr feindlich und grausam betragen und gehandelt, einen hohen Brandschatz von den Bauern gefordert – und wenn sie nicht konnten oder gleich wollten, die Bauern gepeinigt und gequält und Schrecken und Schanden erregt haben.

Es wird u. a. noch an einen Kommandanten in der Schwedenzeit gedacht – ein gewisser Kurzbach im Quartier auf der Burg Lengerich, beschrieben als Tyrann, der dem Emsland viel Elend zugefügt habe und schließlich am Neujahrsmorgen durch eine elende Art ums Leben gekommen sei. Als nämlich der Kommandant Kurzbach ein gewaschenes Hemd aus seiner Truhe verlangte, hat der Bedienstete den Schlüssel zu derselben nicht finden können und mit einem Hammer das Schloss zerschlagen. Bei diesem Schlag sind Feuerfunken an die auf dem Oberzimmer befindlichen Pulverfässer gekommen und haben das Pulver entzündet. Rauch, Feuer und Qualm entstanden. Der Oberstkommandant sprang eiligst aus dem Fenster, um sich zu retten, aber eine Eiche vor dem Fenster war durch die Explosion zerborsten und seine Gedärme blieben in dem Baum hängen.

Nach alten Sagen und alten Menschengedenken und Erzählungen hat schon der Name Schweden solche Schrecken verbreitet, dass sogar das Vieh den Namen verstanden habe und mit den Menschen geflüchtet sei. Auf der Burg, dem adligen Haus Lengerich, war in den gefährlichen Zeiten eine Salvegarde, eine Schutzwache, aufgestellt. Bei dieser Aufstellung wurde damals eine Frauenperson durch die Salvegarde aus einer Todesgefahr befreit. Die Frau, verfolgt von einem Schweden, ritt eiligst auf einem Pferd nach der Burg. Der Schwede folgte ihr bis an die Brücke der Burg und verfehlte sie so knapp, dass er ihr nicht die Todesstrafe hat anbringen können, sondern dass sein Säbel der Frau nur noch die Haarlocken zerschlug, bevor sie die Salvegarde erreichte – sie war also gerettet durch die Salvegarde.

Die Werbung

Kurz nach Weihnachten tauchte in der Gegend um Berßen der bekannte preußische Soldatenwerber Maiboom auf. Er betrieb sein Gewerbe mit solcher Heimlichkeit, dass niemand etwas von seinem Dasein bemerkte. Wohl war es manchem auffällig, dass so viele Bauernknechte, auch Söhne kleiner Heuerleute schier spurlos verschwanden. Man glaubte jedoch, dass sie sich aufgemacht hätten, um in Holland ein gutes Stück Geld zu verdienen, denn der Winter war hart. So hatte niemand ein Arg, wenn der fremde Mann an irgendein Haus klopfte. Man hielt ihn leicht für einen Handwerksburschen. Dabei konnte er so flehentlich bitten und seine Worte so gut setzen, dass er immer gutmütige Frauen fand, die ihm Unterkunft gaben.

So war er durchs ganze Land gekommen. Nun aber begann er doch allmählich zu fürchten, dass man ihn erkennen würde. Deshalb machte er sich langsam auf den Heimweg. Lichtmess war inzwischen schon vorübergegangen, als er abends, nach seiner Gewohnheit, an ein Bauernhaus pochte. Da ihm niemand öffnete, stapfte er durch die Diele in die Küche. Hier fand er am Feuer einen jungen Bauern, der ganz alleine dasaß. Maiboom tat sehr kläglich. Der junge Mann ermunterte ihn, bei ihm Platz zu nehmen. Bieten könne er ihm allerdings nicht viel, da seine Eltern zu einer Kindtaufe über Land gefahren seien und die Magd auch nicht im Hause wäre. Oh, darum sei es ihm auch nicht zu tun, antwortete Maiboom. Er sei noch reichlich mit Essbarem versehen. Nur um ein Unterkommen möchte er bitten, weil bei dem scharfen Nordost das Wandern nicht gerade angenehm wäre. Er packte sodann aus und verzehrte sein Brot und bot dem jungen Bauern aus seiner Schnapsflasche an, die er am Schnappsack mit sich führte. Der Junge nahm gerne und fragte so beiläufig, wohin er denn wolle und woher er käme. Darauf hatte Maiboom nur gewartet. Er prahlte, die Welt sei doch nur ein winzig Ding für den, der die Landstraße unter die Füße nehme.

Der Bursche staunte den fremden Mann an, der die Welt gesehen hatte, während er zwischen Moor und Heide herumlaufen musste. Sein Herz gierte nach der unbekannten Ferne, die so wunderbar lockte. Gar nicht genug konnte er von all den Köstlichkeiten vernehmen, bis Maiboom ihn unvermittelt fragte, ob er nicht Lust verspüre, mitzugehen. Ach ja, Lust hätte er schon, sich die Welt anzusehen. Aber was wohl die Eltern dazu sagen würden und die anderen im Dorf, dass er, ein Bauernsohn, wie ein Handwerksbursche auf der Landstraße liegen wollte. Maiboom versuchte, ihm diese Bedenken auszureden. Doch der Bursche blieb unschlüssig. Der Werber sah wohl ein, wie sehr das Netz seiner Rede den Jungen schon verwickelt hatte. Um durch sein Drängen nicht aufzufallen, forderte er ihn auf, ihm seine Schlafgelegenheit zu weisen. Dann könne er sich die Sache in der Nacht überlegen.

Die Kälte hing schwer und klamm in den dunklen Bäumen, als Maiboom am nächsten Morgen aufstand. Fröstelnd und verschlafen kam er in die Küche und fand dort den jungen Bauern schon am Feuer. Er grüßte kaum, sondern starrte trotzig und verbissen in den Topf, in dem er die Morgensuppe anrührte. Maiboom sagte auch nichts. Er setzte sich an seine Seite, aß sein Brot und löffelte dann die heiße Milchsuppe. Als er gehen wollte, hielt ihn der Jüngling fest und bedeutete ihm, dass er warten möge. Da wusste der Werber, dass er gesiegt hatte. Aus der Schlafbutze holte der Junge einen Packen und von der Wand nahm er einen festen Stock. Dann gingen beide.

Unterwegs liefen sie sehr schnell, um sich zu erwärmen. Endlich fragte der Jüngling, wohin es denn ginge. „Oho“, antwortete Maiboom, „vorerst nicht sehr weit.“ In einigen Stunden seien sie im Preußischen und da würde für die nötige Wärme gesorgt. Bei der hundsmiserablen Kälte wäre man schon froh, bald unterzukommen. Das kam dem Jungen sonderbar vor, denn er hatte geglaubt, dass sie nun stracks nach dem sonnigen Italien marschieren würden. Was sie denn im Preußischen zu suchen hätten, meinte er. Er wolle nach Rom oder Hispanien und darum wolle er nicht unnötig hier verweilen. Dorthin kämen sie auch, meinte Maiboom. Nur müsse er nicht denken, dass das so schnell ginge. Aber es gäbe doch im Preußischen so ausgezeichnete Wärmhäuser, die man bei dieser Kälte gut aufsuchen könne. Der junge Bauer war damit nicht zufrieden. Er wolle überhaupt nicht nach Preußen, wo der König die jungen Burschen zu Soldaten mache. Dann ginge er lieber nach Hause zurück, denn so umständlich habe er sich die Reise nicht vorgestellt. Maiboom sah ein, dass ihm Gefahr drohte. Und das verleitete ihn zu einer Unklugheit, die zu bereuen er nachher keine Zeit mehr fand. Ehe der junge Bauer sich dessen versah, hatte der Werber aus seinem Rock eine Pistole gezogen, die er dem Überraschten drohend vor die Nase hielt.

Das also sei seine Sehnsucht nach den preußischen Wärmhäusern, schrie der Jüngling. Dann wäre er also so einem verdammten preußischen Werber in die Hände gefallen. Aber nun solle er nur nicht glauben, dass er nur einen Schritt noch mitginge – und damit wollte er heimkehren. Maiboom war wie von Sinnen. Er sah den fast sicheren Gewinn entlaufen und da er schon einige Male solche renitenten Jungen bei sich gehabt hatte, tat er wie immer. Er schoss zweimal hinter dem Flüchtling her, ohne ihn aber zu treffen. Der indessen bedachte sich nicht lange, kehrte um und sprang dem Werber an den Hals, ehe dieser wieder laden konnte. Und die Wut des Jungen war stärker als die Gewandtheit des alten Soldaten. Er warf ihn zu Boden und würgte ihn und erst als Maiboom sich nicht mehr rührte, ließ er von ihm ab. Da hätte er sich vor Verzweiflung am liebsten neben den Toten gelegt. Doch auch seine große Verzweiflung über die unselige Tat vermochte nicht, den Erwürgten zum Leben zu rufen. Endlich, als er einsah, dass alle Reue über die jähe Tat diese nicht ungeschehen machen konnte, ging er heim.

Am anderen Tag kam der Amtmann und ließ ihn ins Gefängnis bringen. Da er keine Anstalten machte, seine Tat zu leugnen oder zu beschönigen, wurde er dem Henker übergeben. An derselben Stelle, wo er die Untat verrichtet hatte, ward ein Galgen aufgerichtet, an dem man ihn hängte.

De Griepers kummt!

Up Hochdütsk näömde man de Griepers Soldatenwerber. Mit allerhand Künsten un Nücken hadden se sick erst an de jungen stäödigen Emslandkeerls heranmakt. De glowden nu nich mehr an de mojen Spröcke un an de Utsichten, in de „Frömde" 'n good Stück Geld to verdeenen. Borker ut Möppen un Thien ut Varloh wassen dör de Werber in Potsdam bie de Langen Keerls landet un schreewen bedröwte Breewe naoh Hus. En'n Werber was et glückt, 'n Burenknecht van 'n Hümmling so wiet to kriegen, dat de mit em gaohn woll' in de wiede Welt. As se in Hakengrawen ankamen, fraog' de Junge, of se noch lange to lopen hädden. „Nee", segg' de Grieper, „wi bünd baold in 't Prüß'ske, dor könn' wi us good verhalen." „Dor will ick nich hen!", röp de Knecht, „ick dreih' mi üm un gaoh naoh Hus!" De Werber tröck siene Pistole un schött em naoh, tröff em aower nich. Do sprüng de Junge em an un haude em dot. Dann löp he bis Fullen un segg', wat he daon hädde. Nu kam he vör 't Gericht un dann an den Galgen, jüst an de Stä'e, wor de dode Grieper lag. De Lü'e vertellden, dat dor nu elke Nacht en groten, swarten Hund herümgöng un hülde.

De Schreck vör de Griepers was nu noch gröter word'n. Dat moje Proten hadden se nu nich mehr nödig. Sönndags wassen se all 'n paarmaol in de Kerken störmt un hadden sick de passenden Keerls doruthalt. Up'n mojen Sönndagmorgen satten de Buren mit ehre Frauen un Kinner in 't Hochamt. Do kam een' in de Kerke. He ropt: „De Griepers kummt!" De Mannslü'e verrammelden de Kerkenporte mit de eekenen Bänke. Un 'ne resolute Frau gaw den Raot: „De Keerls treckt use Wiewertüg an un wi dat Mannslü'etüg. Wi bliewt dann hier un se gaoht mit de Kinner dör de Geerkamerdör (Sakristeitür) öwer 'n Kerkhoff weg." – Nu trummelden un spiktaokelden de Griepers ungedüllig vör de Kerkendöre. In de Tied humpelden olde Mö'ers mit 'ne heele Riege Kinner öwer'n Kerkhoff. De Griepers lachten öwer de veelen „krummen Wiewer" in 't Dörp. As se ümsüns' up de Keerls waocht'den, störmten se dör de Sietendör in de Kerke un fünden de Frauen un Wichter in Keerlstüg unner'n Toorn. De Pastor stönd vör't Aoltaor un maohnde de wilden Griepers, dat dulle un unrechte Driewen to laoten. Donaoh häbt se kienen Versöök mehr unnernommen.

XIII
Von Schätzen und ihren Findern

Der Traum vom plötzlichen Reichtum war wohl zu allen Zeiten ein Wunschbild der Menschen. Überlieferungen über vergrabene Schätze und Schatzfunde erweckten die Hoffnung, dass solch ein schnelles Glück einem jeden beschert sein könne. Auch im Emsland gibt es zahlreiche Sagen um Schätze, die bereits geborgen wurden und solche, die noch auf ihre Entdeckung warten. Einige verbinden sich mit den Raubrittern, die z. B. im Mehringer Wald gehaust haben sollen und später samt ihrer Burg untergingen. Von anderen sagenhaften Schätzen kennt man dagegen nur noch den Ort, an dem sie angeblich vergraben liegen. So wird in der sogenannten Burgstiege südlich von Schepsdorf von einer Burg berichtet, auf der Raubritter hausten. Bei ihrer Flucht sollen sie einen goldenen Topf unter der Brücke des Fischteiches verborgen haben, unter einer anderen Brücke liegt der Sage nach ihr goldenes Hahl vergraben. Eine Burg gab es in der „Slipse" zwischen Schepsdorf und Elbergen im 14. Jahrhundert tatsächlich. Sie wurde jedoch schon bald nach ihrer Errichtung wieder zerstört. Ob sie mit dem verborgenen Schatz der Sage in Verbindung steht, ist nicht bekannt. Verborgen blieben bislang auch die von einem schwarzen Hund bewachten Schätze, welche die Sage auf dem Hilgenberg vermutet, einer Anhöhe zwischen Beesten und Plantlünne. Der Überlieferung nach ist hier eine alte germanische Götterstätte gewesen. In der Vergangenheit hat man vergeblich versucht, diese Schätze zu heben. Angeheizt wurden solche Schatzjagden sicherlich durch wertvolle Schätze, auf die man eher zufällig bei Erdarbeiten stieß. Sehr bekannt ist ein römischer Münzschatz aus Lengerich, andere Funde wurden in Gleesen und Schapen gemacht.

Der Schatz von Hummeldorf

In der Nähe der „Devesburg" an der Reichsstraße Salzbergen–Rheine entdeckten Arbeiter etwa einen Fuß unter der Erde einen irdenen Henkelkrug mit einer beachtlichen Anzahl Silbermünzen. In einiger Entfernung, ungefähr in gleicher Tiefe, wurde ein zweiter kleiner Krug gefunden, der ebenfalls mit Silbermünzen gefüllt war. Insgesamt enthielten die beiden Krüge 45 Stück Turnosen, 6.903 Denare, darunter 5.484 Münzen des Bischofs Ludwig II. von Münster (1310–1357) und der Osnabrücker Bischöfe sowie niedersächsische Münzen. So berichtet es die Chronik am 21. Februar und 10. März 1853. Wer der vermögende Besitzer dieses Schatzes gewesen ist, lässt sich nicht mehr sagen. In den

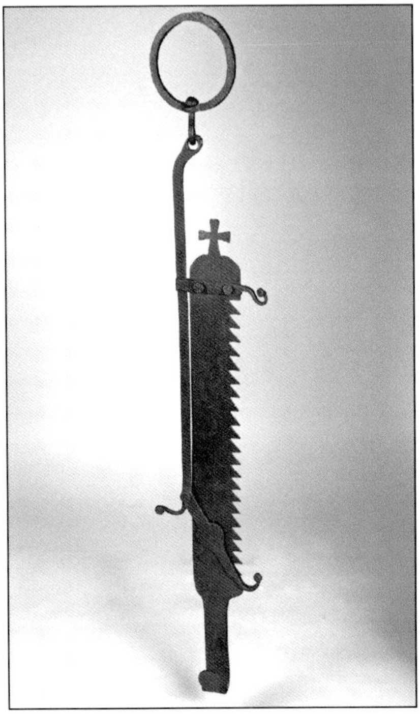

Ein Hahl, wie man es früher an jedem emsländischen Herdfeuer fand, liegt angeblich in der Nähe von Schepsdorf vergraben. Das Hahl in Schepsdorf soll allerdings aus Gold sein und es haben schon viele vergeblich danach gesucht.

Der Sage nach warten im Emsland noch einige Schätze darauf entdeckt zu werden. Der abgebildete Geldschatz wurde 1969 unter einem alten „Töddenhaus“ (Kaufmannshaus) in Schapen entdeckt; er war dort im späten 17. Jahrhundert vergraben worden.

Gemeinden Hummeldorf und Bentlage wurde über die Herkunft des Geldes jedoch folgende Geschichte erzählt:

Auf einem Bauernhof am Emsufer bei Hummeldorf – in der Nähe des großen Emsknies – wohnte einst eine vermögende Witwe, die man die reiche Fenna nannte. Um den Hof lagen saftige Wiesen, fruchtbare Äcker und schöne Waldungen. Seit Großvaters Zeiten hatte man in dem Haus Gold und Silber zusammengetragen. Es war daher kein Wunder, dass sich viele um die Hand der reichen Witwe bewarben. Sie aber wies alle mit Entschlossenheit ab. Als ein Verehrer immer wieder erschien, wurde sie so aufgebracht, dass sie einen Feuerpüster ergriff und ihn derart schlug, dass er tot zu Boden fiel. Die Leiche verscharrte sie am Ufer des Randelbaches. Am nächsten Tage nahm sie all ihr Geld und vergrub es zu Füßen des Erschlagenen, damit er das bekäme, was er allein gewollt habe. Die reiche Fenna aber verschwand und man hörte nie wieder etwas von ihr.

Nen Haup Goldstücke

Sands Janbernd ut'n Naoberdörp van Lingen was aobens inne Wirtschaft gaohn un et was n' bettken late waorn. Up den Wegg nao Huus hen mott he dör nen düstern Holtbussk. Dor sütt he van wieten nen Füür brennen. Es hee bie dat

So mancher Schuh soll sich beim Trocknen am Feuer schon auf wundersame Weise mit Gold- und Silberstücken gefüllt haben.

Füür ankummt, segg he säck: „Nu kanns dir noch wall de Piepe ansticken!" He gripp non glöönig Stücksken Holt, kann't awar nich haolen. „Gaoh nao'n Düwel", segg he un schrappt mit'n Foot dör dat Füür. Up een maol gäht dat Füür ut. Janbernd lepp et heet un kaohlt owern Puckel un he maakt, dat he no Huus kummpt.

Moorns, es he upstäht, find he in siene Schoo'n paar Goldstücke. Un es he in de Köcke kummpt, waor he gistern Aomd de Schoo uttrocken heff, find he noch veer Goldstücke. Daor fallt em in, dat he aobends mit denn Foot döör dat Füür schrappt heff. He gäht mit siene Frau naoh den Holtbussk, waor he dat Füür sähn ha. So wiet he mit sienen Foot döör dat Füür schrappt ha, findt se nen grooten Hoop Goldstücke un se gaoht de met nao Hus hentoo.

Die Sage vom Silberstück

Es ging einmal ein Mann aus Wachtum, von Elbergen kommend, nach Haus. Gern hätte er ein Pfeifchen geraucht, hatte aber seinen Tunderpott vergessen. „Achter dem Holte" sah er ein Feuer brennen. Er ging hin, legte eine glühende Kohle auf seinen Pfeifenkopf und qualmte vergnüglich nach Haus. Im Hause angekommen, klopfte er seine Pfeife aus. Dabei fiel ein Silberstück heraus. Es hatte die Form der aufgelegten Kohle. Am anderen Tag ging der Wachtumer gleich wieder zur Feuerstelle „achter dem Holte", um erneut zu einem Silberstück zu kommen. Die Feuerstelle konnte er aber nicht wiederfinden.

Die Goldschätze bei Emsbüren

Auf dem kleinen Nattenberg bei Emsbüren ruht ein goldener Sarg in der Erde. Er ist von einem silbernen Sarg umschlossen und dieser wieder von einem kupfernen. Der Mammon bewacht ihn und auch die Bratpfanne voll Gold, die in Staelbergs Holz vergraben ist. Des Nachts sitzt der Böse bei einem Feuer.

Das Gold wollte einst ein Schäfer heben, der auf Homeyers Berg die Schafe hütete. Beim Graben fühlte er, dass der Spaten auf etwas Hartes stieß. Der Klang reinen Goldes drang an sein Ohr. Voll freudiger Erregung wollte er nach dem Schatz greifen. Da sah er, dass seine Schafe die Grenze überschritten. Gewiss, dass ihm der Schatz nicht entgehen könne, holte er sie zurück. Doch die Zeit war versäumt, in der der Schatz gehoben werden konnte. Als er zurückkam, war er verschwunden und bleibt es bis heute.

Der Spukhase

Arbeiter, die im Twickeler Feld des Gutes Stovern zu Salzbergen, das damals noch alles Heide war, mit dem Ausheben eines Wassergrabens beschäftigt waren, stießen unversehens auf eine Menge Geldstücke, die fast so aussahen wie kleine Scherben von Dachpfannen. Voll Freude darüber wollten die Leute sich eben danach bücken, als mit einem Mal ein dicker, ganz dicker Hase daher sprang, so dicht, dass sie beinahe mit dem Fuß hätten darauf treten können. Da ließen die Männer von dem Geld ab und hieben mit ihren Geräten auf den Hasen ein. Der aber war schneller als sie und entkam, worauf die Arbeiter wieder in den Graben zurückkehrten. Nun aber war die Enttäuschung noch größer: Die Geldstücke waren verschwunden und blieben es, solange sie auch danach suchten.